ESPELHO, ESPELHO SEU

UMA PEDRA, UMA FEITICEIRA, UM REFLEXO

| ROSANA RIOS

Copyright do texto © 2016 by Rosana Rios
Copyright da ilustração da capa © 2016 by Rodrigo Rosa

Grafia atualizada segundo o Acordo Ortográfico da Língua Portuguesa de 1990, que entrou em vigor no Brasil em 2009.

Ilustração da capa: RODRIGO ROSA

Projeto gráfico: ENTRELINHA DESIGN

Preparação de texto: LILIAN JENKINO

Revisão: KARINA DANZA E FERNANDA UMILE

CIP-Brasil. Catalogação na Publicação
Sindicato Nacional dos Editores de Livros, RJ

R453e
  Rios, Rosana, 1955-
  Espelho, espelho seu : uma pedra, uma feiticeira, um reflexo / Rosana Rios. — 1ª ed. — São Paulo : Escarlate, 2016.

  ISBN 978-85-8382-044-4

  1. Ficção infantojuvenil brasileira. I. Título.

	CDD: 028.5
16-34908	CDU: 087.5

2ª reimpressão

2022

Todos os direitos desta edição reservados à
SDS EDITORA DE LIVROS LTDA.
Rua Bandeira Paulista, 702, cj. 71D
04532-002 — São Paulo — SP — Brasil
☎(11) 3707-3500
🔗 www.brinquebook.com.br/escarlate
🔗 www.companhiadasletras.com.br/escarlate
🔗 blog.brinquebook.com.br
📘 /brinquebook
📷 @brinquebook
▶ /Tv Brinque-Book

SUMÁRIO

Capítulo I	7
Capítulo II	33
Capítulo III	57
Capítulo IV	71
Capítulo V	81
Capítulo VI	95
Capítulo VII	109
Capítulo VIII	127

Há séculos, as histórias da humanidade falam sobre a magia que existe nos espelhos. Desde que o primeiro ser humano viu-se magicamente refletido na água, e que alguém descobriu como polir a face do metal para enxergar-se nele, as pessoas se sentem atraídas pela imagem do próprio rosto. E todo mundo, sem exceção, tenta responder à pergunta que surge quando a face no espelho mira a sua... A pergunta eterna da qual ninguém, em nenhum tempo e lugar, jamais escapou: Quem sou eu?

CAPÍTULO I

Um espelho pode absorver um pedaço de alma. Um espelho pode conter o reflexo do universo todo, um céu inteiro cheio de estrelas preso em um pedaço de vidro prateado que tem apenas a espessura de um sopro. Conheça espelhos, e você conhecerá quase todas as coisas.

TERRY PRATCHETT
Witches abroad (Quando as bruxas viajam; tradução nossa)

SÃO VICENTE, 1915

Arminda acorda com a luz do relâmpago que ilumina o quarto.

Levanta-se, impelida pelo trovão que soa alguns segundos depois.

Uma tempestade castiga a cidade e faz com que o rumor das ondas seja ouvido até na casa térrea, que fica a uma boa distância da praia.

A garota sai da cama, seus pés descalços sentindo o frio no chão de tábuas. É meia-noite; em seu íntimo ela sempre sabe as horas, por alguma virtude que herdou da velha avó. Anda pelo quarto escuro sem perceber movimento algum, a não ser o dela e o das cortinas que saracoteiam. A janela não fecha bem, faltam folhas na gelosia e o vento sempre entra sem convite.

— Mana? — murmura, ao ver a cama da irmã desfeita.

E vazia.

Arminda detesta a irmã com todas as forças, porém detesta mais ainda não saber por onde anda Bernarda. Se ela própria herdou certas virtudes da avó que as criou, sua gêmea herdou as malignidades. Apossou-se das ervas, dos vidros bizarros e cadernos cheios de rabiscos que haviam pertencido à velha, coisas que a fazem se benzer quando as vê, mesmo de longe.

Faz um ano que a avó morreu, carregando para o túmulo a fama de praticar feitiçarias e maus-olhados; desde então, as duas irmãs vivem na casa que foi da falecida, acompanhadas apenas por uma parenta idosa meio surda, a madrinha.

O tabelião diz que a primeira das irmãs a se casar herdará a casa da Boa Vista de papel passado. Arminda acha absurdo que tenham de depender de um homem para receber a herança, mas não discute; ao menos não foram postas na rua.

A garota sai do quarto e vai para a sala, evitando olhar o pequeno baú no canto; é lá que Bernarda guarda os trecos encantados da falecida.

Acende uma lamparina de querosene sobre a mesa e abre a porta da frente.

O vento e a chuva entram com tudo, a chama vacila e o chão treme com uma trovoada distante. O cheiro de maresia é intenso.

"Lorenzo", pensa ela, mordendo o lábio com força. Ele não voltou. Seu barco ainda deve estar no mar, sob a tempestade em fúria.

Pensar no rapaz quase a faz chorar, com a recordação das mãos dele sobre as suas, do sorriso luminoso e das promessas que trocaram. Usa a corrente de ouro que ele lhe deu escondida sob a blusa, para que Bernarda não veja...

Sabe, de repente, onde encontrará a irmã: na praia, com uma luz. Talvez ela planeje acender uma fogueira para servir de farol ao pescador, amigo da família.

A garota nem fecha a porta, vai calçar as galochas e enrolar-se num grande xale. E somente quando estaca no corredor, para ajeitar o xale na cabeça, é que dá pela falta do espelho.

— Não! — sussurra, ao ver a marca oval na parede, único sinal que resta do objeto que ali esteve por tantos anos, tantas décadas. Talvez séculos.

Tal espelho é o seu único aliado naquela casa. A velha avó sempre a hostilizou, preferindo abertamente a neta que partilhava seus gostos macabros. A madrinha, surda e alheia, a ignora. E Bernarda... ela é o mal em forma de gente, torturando-a sempre que possível. Zomba da irmã valendo-se do rosto, idêntico ao dela; sente prazer em fitá-la com um sorriso maldoso.

É terrível, para Arminda, ver-se diariamente refletida na gêmea. Imagina se sua alma será tão corrompida quanto a da mana. Com medo de se tornar como a outra, faz anos que reprime os poderes que sabe possuir, além da capacidade de definir as horas. Tenta com todas as forças não mostrar que pode ler os dias futuros nas poças de água salgada junto à arrebentação, ou ver as cores dos pensamentos das pessoas formando auras ao redor delas.

Bernarda adoraria apossar-se de tais virtudes, por isso é preciso ocultá-las. Na irmã, deixariam de ser virtudes e se tornariam forças malignas.

E o espelho na parede... é o amigo que devolve sua imagem limpa, clara, sem a maldade que mora no semblante da gêmea. Ele a ajuda a ser ela mesma. A não ser Bernarda.

Apesar disso, sempre desconfiou de que a avó deixou encantamentos presos dentro da superfície de vidro que a reflete, e teme o que podem causar.

"Mas é meu espelho", decide.

Com magia ou sem magia, quer trazê-lo de volta.

Dispara porta afora em direção à praia. Precisa encontrar a irmã e assegurar-se de que o objeto volte para casa. Assim como Lorenzo. Ele também precisa voltar.

SÃO VICENTE, SÉCULO XXI

Adriano corre pela Rua Frei Gaspar, rumo à praia. Sente-se feliz pelo sábado de sol, pela folga do fim de semana, por estar longe de casa e livre dos incômodos óculos que a mãe o obriga a usar. Acaba de pisar na areia quando a voz feminina avisa:

— *Cuidado!*

Ele tem um milésimo de segundo para olhar o chão. Vê o pedaço afiado de vidro brilhar entre os grãos de areia, desvia o pé esquerdo...

Sente a dor do corte que rasga sua pele, e cai sentado na areia.

— Aaai! — geme, amparando o pé com as duas mãos.

Seu olhar segue para o objeto. É um pedaço de espelho com a ponta afiada. Pega-o; seu sangue mancha a superfície brilhante. Instintivamente, coloca-o no bolso da bermuda e inclina-se para examinar o ferimento.

Teve sorte. O corte aconteceu no lado interno do pé esquerdo, fazendo um rasgo. Se não tivesse sido avisado para ter cuidado, desviando-se no último minuto, ele teria enfiado a planta do pé naquilo! Ficaria com o vidro cravado na carne.

Olha ao redor, procurando quem o avisou, para agradecer. Só percebe duas garotas tomando sol na areia a alguma distância, e ergue a mão ensanguentada, num aceno.

— Valeu, obrigado!

Elas o olham com desprezo, como se somente naquele momento tivessem reparado na existência do rapaz de pele queimada de sol e cabelo crespo. Nenhuma responde.

"Se não foram elas que me disseram para tomar cuidado, então quem foi?", espanta-se.

É cedo e há pouca gente na praia do Gonzaguinha: as garotas, alguns senhores catando mariscos perto da arrebentação, três de seus amigos já batendo bola lá adiante.

Um deles, Manu, o viu cair. Vem em sua direção, após anunciar aos outros:

— O Dri se machucou!

Adriano tenta levantar-se e o ferimento lateja, sangrando mais.

Torna a sentar-se e pega no bolso o que o feriu. É mesmo um fragmento de espelho.

Porém, quando tenta limpar o sangue derramado nele, algo estranho acontece. A mancha vermelha não sai... parece ter-se entranhado por trás do vidro espelhado. E, ao erguer aquilo ao nível de seu rosto para analisar melhor, ele enxerga um olho a observá-lo.

"Claro, é um espelho", pensa. "Sou eu."

Mas... Aquela não é a sua face. O olhar que o fita do outro lado faz parte de um rosto feminino, de pele clara e olhos negros, bem diferentes dos seus, castanho-esverdeados.

Naquele instante, Manu chega a seu lado.

— Você *tá* sangrando! O que foi que te machucou?

Adriano não sabe por que motivo guarda o pedaço de espelho no bolso e diz apenas:

— Um caco de vidro na areia.

Os outros colegas também se aproximam e ajudam Manu a levantá-lo.

— Vamos até o posto — propõe o amigo. — Lá sempre tem enfermeiro de plantão.

❖

A assistente de enfermagem que atendia no posto está medindo a pressão de vários idosos, mas deixa tudo de lado ao ver o sangue.

Depois de lavar, medicar e enfaixar o pé de Adriano, comenta que, apesar de o corte ser superficial, ele deveria conferir se está em dia com as doses da vacina antitetânica.

Depois, o encara e pergunta:

— Você não é o filho da Luara?

Dri suspira. A cidade inteira conhece sua mãe, que é funcionária de uma ótica no centro desde que ele nasceu. E é claro que ela o fez tomar todas as vacinas existentes. O reforço da antitetânica fora feito logo após ele completar quinze anos, há alguns meses.

Os amigos já começam a voltar para o futebol de todo sábado na praia; sobra Manu, que o ajuda a andar até o apartamento na Rua XV de Novembro.

Luara não está em casa. Aos sábados, ela trabalha até a hora do almoço.

— Pode ir jogar, eu fico bem aqui — o rapaz diz ao amigo, após instalar-se no sofá da saleta.

— Se precisar de alguma coisa me liga, Dri — o outro insiste, ao sair.

Finalmente sozinho, ele confere o ferimento. Arde um pouco, mas só. Quando a mãe chegar, após a inevitável bronca (já pode ouvi-la resmungando que a mania de ir jogar bola descalço dá nisso), ela lhe dará um comprimido para a dor.

Então, com todo o cuidado do mundo, tira do bolso o pedaço de espelho que causou o ferimento. Certo de que o que viu na praia foi uma ilusão, quem sabe causada pelo estresse, ele passa a mão sobre a face espelhada. Tenta, de novo, remover a mancha de sangue.

E, mais uma vez, nota que ela não sai. Imiscuiu-se sob o vidro, realmente, e pinta de vermelho alguns pedaços do rosto que o observa do lado de lá.

— Isso está mesmo acontecendo? — ele se pergunta, virando-o de todos os lados.

E ouve a resposta entrecortada, em uma voz distante que o lembra de alguém.

— *Verdade... Desculpe... Ajude!*

Assombrado, ele deixa o fragmento cair no chão da sala. Demora alguns minutos para tornar a pegá-lo. Lá está ela, ou partes dela. Frações de olho e boca que se movem, fantasmagóricas, depois somem. E a verdade o atinge. A voz... é a mesma que gritou "cuidado!" na praia.

Ela tentou avisá-lo. *A garota atrás do espelho!*

— Quem é você? — ele indaga, erguendo aquilo à altura de seus olhos.

E escuta apenas um soluço como resposta, antes de tudo desaparecer.

Zonzo e mancando, ele vai para o quarto que divide com a mãe. Guarda aquilo na gaveta da cômoda, entre duas de suas camisetas de bandas de *rock*, a do Led Zeppelin e a do Aerosmith. Senta-se na cama, o coração batendo fora de compasso.

Na parede à sua frente, um espelho com moldura de artesanato formada por conchas devolve-lhe a própria imagem. Um garoto alto e magro, pele morena, cabelo negro curto e crespo, olhos quase verdes, bastante espantados.

— Quem é você? — ele repete, agora para si mesmo, a pergunta que se faz todos os dias.

Não há uma resposta definitiva. Ele pode ser Adriano, filho de Luara, o órfão de pai que tenta desesperadamente não perder o ano no colégio e ajudar a mãe na difícil economia diária. O garoto que sonha reunir uma poupança para pagar as mensalidades de uma faculdade local, quando completar o ensino médio. Ou será ele apenas mais um adolescente maluco, vendo e ouvindo coisas que não existem, coisas que *não podem* existir?

Deita-se, cansado das emoções da manhã. Não quer mais pensar no assunto. Melhor fazer de conta que nada daquilo aconteceu.

Deixará o espelho partido para sempre esquecido entre a camiseta do Led e a do Aerosmith.

Alexa entra no quarto, aborrecida. Fazer compras com a mãe e a irmã é uma das coisas de que ela menos gosta na vida. Ganha das consultas periódicas com a endocrinologista, e empata com fazer prova de matemática quando se esquece de estudar. Só não ganha de ser humilhada em toda primeira aula de educação física do ano: sempre há uma treinadora nova que tenta forçá-la a realizar os exercícios de ginástica diante da classe inteira. Ela cursa o nono ano e, desde o primeiro, em toda semana de início de aulas tem de amargar uma professora sorridente que quer tratar a "gordinha da classe" da mesma forma que as outras meninas. O que inclui fazê-la suar com o equipamento e pesá-la na balança do ginásio, permitindo a todos verem que está acima do peso.

Alena, a irmã, é dois anos mais nova. Magra como um pedestal de microfone, adora andar de braços dados com Alexa pelos *shoppings* do litoral. Sorri para todos os adolescentes gatos que encontra, adorando sentir-se esbelta e vistosa perto da mana rechonchuda.

A mãe não entende por que a filha mais velha se retrai tanto, e menos ainda por que se recusa a ter espelhos em sua metade do quarto.

Na verdade, Alexa aumentou em altura e emagreceu nos últimos anos, mas continua achando-se uma baleia e recusando-se a conferir o próprio reflexo.

— Não quero, não gosto, este lado do quarto é meu e pronto! — diz.

Em compensação, e talvez só por birra, Alena encheu sua parte do cômodo com espelhos em mil formatos diferentes. E a irmã teve de se acostumar a nunca olhar para o lado de lá, pois sabe que se verá refletida de todas as formas possíveis.

Por isso, naquela tarde de sábado, sente-se louca de raiva quando, ao entrar no quarto, dá com um móbile cheio de espelhinhos pendurado ao lado de sua cama.

— Quem pôs isto aqui?! — esganiça, paralisada diante do objeto.

Seu pai aparece na hora, sorridente e com a caixa de ferramentas na mão.

— Acabei de instalar! Não ficou ótimo? Sua avó vai ficar feliz, foi presente dela.

Alexa quer gritar, xingar e sapatear de ódio, mas não tem coragem. O pai não tem a menor noção dos gostos das filhas; a avó é um doce, adora as netas e leva presentes para elas todo mês. Eles não merecem gritos, xingamentos nem sapateados.

— É... Ficou legal, pai.

Porém, assim que ele sai, trata de fechar a porta e ter um ataque de raiva.

Pode ver-se refletida nos mais de vinte pedacinhos de espelho pendurados em fios coloridos e enfeitados com contas. Duas dúzias de pequenas Alexas dançam ao vento que entra pela grande janela e tira do móbile o som de sinos tilintando...

— Que ódio! — murmura, agarrando o primeiro fio e puxando com toda a força.

Alena entra naquele momento, trazendo as sacolas de compras. Começa a rir ao ver a irmã tentar, atrapalhada, arrancar o objeto do teto.

— Aaai! — geme Alexa, de súbito.

Não só não conseguiu deslocar o móbile como, ao puxar o fio, um dos pedaços de espelho lhe fez um corte no braço direito. Acaba arrancando-o e jogando-o no chão, mas agora corre por sua pele um filete de sangue que mancha sua camiseta e pinga no piso. Exatamente sobre o espelhinho.

— Porcaria de vidro! — ela xinga, segurando o machucado e baixando o olhar para aquilo.

E ali fica paralisada ao ver refletido no espelho caído não o seu rosto cheio e seu cabelo castanho, mas um pedaço de face magra, com olhos escuros e longo cabelo negro.

Para piorar, o rosto atrás do espelho parece absorver as gotas de seu sangue, e uma voz feminina soa como se viesse de muito longe, dizendo:

— *Desculpe... Perdida... Ajude!*

Alexa recua e tromba com a irmã, que está do outro lado do quarto examinando as compras.

— Ai, Lexa, que foi agora?

— Você ouviu? — ela pergunta, apontando para o fragmento caído.

— Ouvi o que, criatura?!

— A voz que saiu daquele pedaço de espelho...

A gargalhada da irmã mais nova ressoa no apartamento inteiro. "Claro que ela não ouviu nada", pensa Alexa, voltando à sua metade do quarto. "Devo ter ficado maluca de vez."

Tenta recompor-se, afastar a raiva e o medo. Pega o espelhinho caído sem olhar para ele e corre para o banheiro. Lá, abre a torneira da pia e joga-o na água. Lava o arranhão até parar de sangrar, enxuga o braço e passa nele um antisséptico que encontra no gabinete da pia.

Troca a camiseta e acalma-se ao perceber que, apesar do ardor, o corte é superficial. Espera a água escoar pelo ralo e, com cuidado, segura o vidro.

É o pedaço partido de um espelho; no lado de cima, arredondado, há um furinho por onde o artesão que fez o móbile o pendurou. Na parte de baixo forma um bico afiado, que feriu seu braço. Ela enxuga o objeto e o examina.

— Como pode ser?... — sussurra, assombrada.

As gotas de seu sangue não saíram com a água. Entraram do *lado de lá* do espelho, e agora aparecem como manchas vermelhas sobre a testa e o cabelo negro da garota cujos traços estão ali dentro, mexendo-se.

Enrola aquilo na camiseta suja de sangue que tirou. De volta ao quarto, joga a peça numa cesta de roupa suja atrás da porta e guarda o fragmento cortante na gaveta do criado-mudo.

A irmã continua distraída, experimentando as roupas novas, mirando-se em todas as superfícies espelhadas que a rodeiam. Alexa joga-se na cama, cansada e perplexa.

Não volta a olhar para o móbile, que mesmo sem o fio arrancado continua sacolejando ao vento e badalando suavemente. Começa a achar que desta vez terá de fazer a vontade do pai e da mãe e voltar às consultas com a psicóloga, que abandonou desde o início do ano.

Pela primeira vez na vida, ela realmente acredita que precisa de terapia.

Solero caminha pela praia com cuidado. Não quer que entre areia em seus sapatos.

Segue sem pressa na direção da Pedra do Mato, dando tempo para que os outros o sigam. É um grupo pequeno, desta vez: apenas meia dúzia de pessoas.

— Esta — ele explica — é a Pedra do Mato. Está aqui desde sempre, bem antes de os portugueses chegarem a São Vicente, em 1532. Naqueles tempos, é claro que não havia nada do que vemos hoje aqui em volta. O marco que enfeita a pedra só foi erguido em 1932, para comemorar os quatrocentos anos de fundação da cidade...

Ele adora contar aquela história. É como se fosse a sua própria, já que nasceu e viveu mais de sessenta anos em São Vicente. Sessenta anos de praia, de imaginar a história dos primórdios do Brasil se desenrolando bem ali, naquele pedaço de areia. Não admira que acabasse se graduando em História e lecionando nos colégios locais até a aposentadoria. Solero adora aquele assunto; e agora que ficou viúvo ocupa o tempo livre levando grupos de turistas, junto com a turma do Clube da Terceira Idade, aos monumentos históricos da cidade.

Quando ele termina de falar sobre a pedra e de evocar figuras históricas como Martim Afonso, João Ramalho e Bacharel de Cananeia, uma senhora de cabelo azul pergunta:

— Para onde vamos agora?

Solero explica que o passeio terminou.

— Já fomos à Igreja Matriz, à Casa de Martim Afonso, à Praça 22 de Janeiro e à Biquinha de Anchieta. Com a Pedra do Mato, encerramos a volta ao centro histórico neste domingo.

O pessoal se despede dele ali mesmo. Alguns jovens que visitam a cidade pela primeira vez saem dali, entusiasmados com suas informações.

"Hora de ir para casa", decide o professor, limpando o suor do rosto com um lenço.

Ele mora na Vila Valença, para lá da Presidente Wilson; uma boa caminhada o espera. Porém, ele nunca deixa a Gonzaguinha sem recolher um pouco do lixo espalhado em sua praia preferida. De manhã, os funcionários da prefeitura passam para a limpeza, mas no final da tarde muita gente já deixou seus vestígios na areia.

Assobiando um antigo samba-canção, Solero pega no bolso da jaqueta um saco de lixo e começa a recolher garrafinhas de suco, latas de refrigerante amassadas, sacos plásticos... Já vai embora quando vê algo brilhar próximo à Pedra do Mato.

— Ora essa! — murmura, ao ver o que é.

Um pequeno pedaço de espelho, daqueles antigos, que eram feitos de vidro de verdade; deve ter sido parte de um objeto oval com, no máximo, um palmo de largura. Lembra que a mãe de Malva, sua falecida esposa, teve um parecido.

Ele vai jogar o fragmento no saco de lixo, mas alguém o chama naquela hora e, sem pensar, o professor guarda o achado no bolso. Olha ao redor e dá com Nilo, dono de uma das barracas de praia, oferecendo--lhe um refrigerante.

— Obrigado, estou de dieta — responde, tristemente. — Só tomando chá sem açúcar!

Depois de se despedir do rapaz e jogar o que recolheu em uma das lixeiras, o ex-professor retoma o assobio e vai para o calçadão da praia. A tarde agradável o faz tirar o agasalho. Talvez por isso ele se esqueça totalmente do que há no bolso...

Entretanto, ao anoitecer, após tomar seu chá e falar com os filhos ao telefone (o mais velho mora em São Paulo, o mais novo em Santos), ele tem a impressão de que um som abafado vem da cadeira onde pendurou a jaqueta, ao chegar. Será o celular que ganhou dos filhos, e que raramente usa? Vai pegar o agasalho e, sem querer, deixa o pedaço de vidro cair no chão.

— Ah, é — resmunga, ao inclinar-se para pegar o objeto. — Achei isto na praia.

Inadvertidamente, raspa o dedo indicador da mão esquerda no canto vivo, fazendo um pequeno corte. Deixa o espelhinho cair de novo.

E arregala os olhos ao ver seu sangue ser absorvido pela coisa, sumir atrás do vidro como se aquilo fosse um papel mata-borrão!

— O que temos aqui? — murmura, fechando o punho esquerdo para evitar mais sangramento.

Recolhe cuidadosamente, com a mão direita, o objeto caído, que brilha em vermelho e emite um som distante, como se sobrepujado pelo rebentar das ondas no mar.

— *Favor... Ajuda... Quem...* — diz uma voz, de forma entrecortada.

Solero é um homem prático e nunca foi supersticioso. Apesar de os filhos se preocuparem por ele insistir em viver sozinho naquela casa após a morte de Malva, não se sente deprimido nem gosta de ler ficção fantástica. É um historiador; sempre preferiu a não ficção.

— Não imaginei isso — diz em voz alta, ajeitando os óculos para examinar melhor o fragmento. — Quem é você? Como pode estar aí atrás?

Mas a voz não retorna. Ele escuta apenas o que lhe parece um soluço, depois algum tipo de gemido, e enxerga um véu de cabelos negros cobrir a face atrás do vidro.

O ex-professor se senta na poltrona preferida e fica um tempo olhando para aquele pequeno objeto que machucou seu dedo e que, aparentemente, tem vida própria.

Sua mente lúcida analisa a situação.

— Existem duas explicações para isso — conclui. — A primeira é que eu imaginei a coisa toda e estou ficando maluco. Ou senil. Ou as duas coisas. A segunda é que, apesar de ter passado a vida inteira sem acreditar em nada além da realidade que posso ver e tocar, está acontecendo alguma coisa sobrenatural. Mágica.

Mas a sala escurece com o cair da noite, e ele volta ao seu jeito prático de ser.

"Melhor tocar a vida. Magia ou loucura, não importa. Vou fazer um curativo no dedo."

Guarda o pedaço de espelho num porta-joias que pertenceu à falecida e vai buscar a caixinha de primeiros socorros.

Durante o resto daquela noite de domingo, embora se recusasse a olhar de novo para a coisa, ele não consegue esquecer a voz que saiu do vidro espelhado. Liga a televisão, prepara e degusta um sanduíche, tenta ler um pouco antes de dormir. Inútil: ele ainda relembra a estranha voz.

Decide que na semana seguinte vai tirar aquela história a limpo. Se estiver ficando doido, quer logo saber. E, se não estiver...

Se não ficou maluco, e se no velho porta-joias há mesmo um objeto mágico, o professor desconfia de que sua vida está prestes a mudar radicalmente.

❖

Adriano não quer revelar à mãe os detalhes do incidente, mesmo depois de ela refazer o curativo algumas vezes. Porém, na manhã de terça-feira, ele não pode fugir do assunto.

— Vai me contar que história é essa de espelho mágico? — Luara pressiona o filho na mesa da cozinha, enquanto ele mexe o café com leite. — Faz dias que você fala dormindo!

Apanhado de surpresa, o adolescente gagueja. Tem sonhado com o espelho, com o sangue que não sai, com a voz e os olhos da garota lá dentro. Mas nem desconfia de que seu subconsciente o trai e o faz dizer, dormindo, o que oculta acordado.

— Foram pesadelos, mãe. Bobagens da minha cabeça.

Ela levanta as sobrancelhas, como sempre faz ao apanhá-lo mentindo.

— Minha amiga Nise sempre diz que os sonhos revelam a verdade da gente. E ela sabe do que está falando! Desembuche, Adriano.

Com um suspiro, ele desiste. Se estiver ficando maluco, a tal amiga da mãe, que é psicóloga, pode ser a pessoa certa para ajudar.

Conta a história enquanto tomam café. Depois, Luara o segue para o quarto e o vê pegar o pedaço de vidro no meio das camisetas.

— É isto... a voz vem lá do fundo, e os olhos me encaram do outro lado.

A mãe pega o objeto, sente o fio cortante, vira de todos os lados e o devolve.

— Não tem nada aí. Você imaginou isso, filho. Perdeu sangue, tinha o sol na cabeça...

— Não foi imaginação. Foi real! E vi tudo de novo aqui em casa, também. *Ela falou comigo.*

Luara encara o filho, preocupada. Dri não costuma inventar coisas. Pensa e decide:

— Vou ligar para a Nise. Você se importa se eu contar a ela?

Na verdade, é um alívio para o garoto que a mãe o leve a sério e que procure uma solução.

Talvez tenha sido mesmo algum tipo de ilusão, sonho acordado, insolação... A amiga psicóloga pode ajudar a resolver o assunto.

— Tudo bem, mãe. Vou pro colégio.

O resto da manhã transcorre normalmente, até que, ao passar pelo corredor que leva aos portões da escola, ele é abordado pela coordenadora. Ela lhe entrega um pedaço de papel.

— A Luara ligou e pediu para te dar este recado, Adriano — diz a coordenadora.

No papel, há um nome, um endereço e um horário.

— Que foi, Dri? — pergunta Manu, ao seu lado.

Ele guarda o papel no bolso e confere o relógio na parede do corredor.

— Preciso fazer uma coisa para a minha mãe. E já *tô* atrasado... Te vejo amanhã.

O amigo desconfia de que algo não está bem. Adriano toma um caminho diferente ao sair e segue, mancando um pouco, rumo à clínica municipal.

Tem um horário marcado com a doutora Nise em vinte minutos.

DO CADERNO DE ANOTAÇÕES DA DRA. NISE S., TERAPEUTA

A paciente tem quatorze anos. Fez parte do grupo de terapia que tivemos no ano passado. É a primeira vez que vem ao consultório este ano, mas ao menos não parece ter sido forçada pelos pais. Alexa não se aceita, rejeita a própria imagem. Acha-se obesa, apesar de seu excesso de peso ser mínimo e bem comum na puberdade. É possível que, depois de uma prolongada aversão a espelhos, ela tenha projetado uma imagem ideal de si mesma no pedaço que arrancou do móbile. Enxerga o próprio rosto "do outro lado" como uma menina esbelta, de olhos e cabelo negros. Terá criado uma identidade alternativa, mais aceitável às suas fantasias?

❖

Adriano não sabe quanto a mãe contou à amiga sobre seu problema; talvez só tenha expressado preocupação com o filho. Mas a reação da terapeuta à palavra *espelho* é estranha.

— Você ouviu uma voz sair do espelho? — pergunta Nise, com os olhos cravados nele.

O garoto se intimida e encolhe-se no sofazinho do pequeno consultório.

— Eu sei, é loucura — responde. — Acho que pirei. *Tô* ouvindo e vendo coisas.

Surpreso, vê a psicóloga franzir a testa e virar as páginas do caderno em que faz anotações.

— Desculpe, Adriano. Não se trata disso. Loucura é uma palavra forte demais para a situação. Muitos fatores podem ter influído nas suas percepções. Por favor, continue.

Ainda desconfiado, porém mais calmo, ele conta um pouco mais. Sobre os olhos negros e as palavras da menina oculta por trás do vidro manchado de sangue. No final, encara a psicóloga.

— A senhora não acha que fiquei doido de vez? — indaga.

Ela ainda parece perturbada, mas tenta manter-se profissional. Pega uma agenda sobre a mesa e vira uma página.

— A mente humana é complexa, às vezes vemos e ouvimos coisas que não são reais para os outros, porém podem perfeitamente fazer sentido dentro da nossa cabeça. Vamos conversar mais sobre o que aconteceu... Pode vir me ver aqui na quinta-feira, depois de amanhã? No mesmo horário.

— Tudo bem — responde ele, intrigado com o comportamento da doutora.

Ela marca a consulta na agenda, distraída; seus olhos vão do caderno a um celular na mesa.

— Então te espero. Até lá.

Por algum motivo, uma enorme curiosidade de saber para quem Nise telefonará, assim que ele sair, o faz tomar uma atitude estranha. Despede-se da amiga da mãe, levanta-se e põe a mochila nas costas. Entretanto, tem o cuidado de deixar o agasalho do colégio cair atrás do sofá.

Já no corredor, se detém atrás da porta aberta e fica atento ao som das teclas do celular. Ela está, realmente, ligando para alguém. Será para Luara?

Espicha a cabeça e entreouve a conversa. Ela parece falar com uma secretária.

— Isso, por favor, veja quando é o próximo horário da Alexa. Não, semana que vem não pode ser. Demora muito. Faça o seguinte: ligue para a mãe da menina e veja se ela pode ir ao meu consultório amanhã, quarta-feira. Temos uma brecha no fim da tarde, não temos?... Eu sei que ela vai estranhar, mas preciso ver essa paciente antes de quinta. Tem a ver com outro caso, muito parecido com o dela... Qualquer problema, mande mensagem para o meu celular.

Dri aperta os olhos e cerra as sobrancelhas, cada vez mais desconfiado. *Outro caso, muito parecido com o dela*, a psicóloga disse. Será que essa paciente, chamada Alexa, também viu algo sobrenatural em um espelho?

"Acho que fiquei paranoico", ele matuta consigo mesmo. "Mas vou investigar a história!"

Decidido, bate à porta.

— Doutora? — enfia a cabeça no vão aberto, sem esperar pela resposta. — Desculpe, esqueci meu agasalho aqui.

Ela desliga o celular e o olha com perplexidade, mas relaxa ao ver o casaco de moletom caído atrás do sofá.

— Ah, está ali.

Ele rapidamente pega-o e enfia na mochila. Sai, dizendo:

— Até depois de amanhã.

Nise passeia os olhos da porta para a agenda, de lá para o celular e do aparelho para o caderno de anotações. Está cismada.

"Em tantos anos como terapeuta, nunca vi uma coisa assim. Dois casos iguais?..."

Então, a recepcionista da clínica aparece para dizer que o paciente seguinte já está reclamando do atraso, e que há mais três depois desse.

A doutora pede que o próximo entre e tenta tirar o assunto da cabeça. Inutilmente.

DO CADERNO DE ANOTAÇÕES DA DRA. NISE S., TERAPEUTA

Os problemas de identidade deste paciente parecem nascidos da lacuna deixada em sua vida pela figura paterna. Não tendo conhecido o pai, Adriano cresceu sem ter uma figura masculina forte em quem se espelhar. Também se ressente dos traços étnicos que herdou, como afrodescendente. Por que, então, ao viver o acidente com o pedaço de espelho, não projetou "do lado de lá" um rosto alternativo para si mesmo? A ilusão que descreve, uma garota de olhos e cabelo negros, parece incongruente. Ele não apresenta perfil de usuário de drogas. E o fato de sua fantasia ser idêntica à da paciente Alexa torna ambos os casos mais confusos. Como analisá-los em separado? Haverá alguma ligação entre esses dois adolescentes?

❖

Alexa pisa no saguão do edifício comercial com um bufo de raiva. O pai, dentro do carro estacionado ali na frente, está de olho nela. Só irá embora depois que a filha passar pela recepção e entrar num dos elevadores.

"Para eles, eu não tenho vontade própria", a garota diz a si mesma. "Sou um fantoche que manipulam do jeito que querem!"

Ela até gosta da doutora Nise. Fez terapia em grupo com ela no ano anterior e estava mesmo achando que precisava de terapia; perturba-a, porém, consultar a psicóloga a sós e por imposição da mãe, causada pelas fofocas de Alena no fim de semana.

Sua irmã insuportável disse aos pais que Alexa ficou doida, ouve vozes que saem de um pedaço de espelho. Então, eles conseguiram um horário para ela na última segunda-feira, e agora a fazem voltar, apenas dois dias depois.

Na primeira consulta, contou sobre o caso do móbile, porém não sentiu que a terapeuta a ajudara. Ela apenas fez perguntas sobre os problemas que a garota sempre teve com espelhos. Como se insinuasse que aquelas *ilusões* viessem de uma autoestima baixa. Ou do uso de alguma substância.

"Não foi ilusão, e não uso drogas!", pensa, irritada, naquela quarta-feira.

— Oi — diz à recepcionista. — Tenho consulta marcada com a doutora Nise, segundo andar. Meu nome é Alexa.

Aguarda que lhe entreguem o crachá para entrar no prédio, que só abriga consultórios e clínicas. Percebe vagamente que um rapaz, sentado num sofá ao lado da recepção, presta mais atenção a ela do que deveria. Ao ver a garota voltar-se para ele, o desconhecido baixa o rosto e começa a mexer na pilha de cartas que tem em mãos.

— Pode subir — confirma a recepcionista.

Alexa vai para o elevador percebendo os pares de olhos que a seguem. Os do pai, lá fora, já dando partida no carro, e os do garoto estranho na portaria, provavelmente um *office-boy* atrevido.

"Vai ver que me achou bonita", pensa, irônica. "Deve gostar de gordas!"

Entra no elevador ao mesmo tempo que o rapaz no saguão se levanta e vai para a saída.

— Ei! — a moça da recepção o chama. — Você não disse que tinha cartas para este endereço?

— Acho que me enganei — ele sorri amarelo para ela.

Para perto da esquina, tentando não esquecer o rosto da garota que disse chamar-se Alexa. Sua consulta na clínica municipal durou menos de meia hora, mas desconfia de que ali, numa clínica que só atende clientes particulares, a doutora permaneça mais tempo com os pacientes.

Custou um pouco a descobrir o endereço. Na noite anterior, foi à casa de Manu e usou o computador do amigo. Um *site* de busca lhe forneceu o que desejava: a lista dos consultórios de psicólogos da cidade, que incluía o da doutora.

— Pra que você precisa disso? — Manu quis saber.

— Nada importante — ele respondeu.

Passou boa parte da tarde de quarta-feira vigiando a portaria do prédio comercial e despistando a desconfiança dos seguranças, até ouvir o que desejava: os nomes *Nise* e *Alexa*.

Agora, resta colocar em ação a parte dois de seu plano.

Esperar a garota sair, segui-la, talvez falar com ela.

Nunca fez nada parecido na vida e tem vontade de ir embora, desistir daquela investigação doida e voltar para casa... Mas duas coisas o mantêm ali: a dor do arranhão no pé e a lembrança da voz que, tem certeza, ouvirá de novo, se abrir a gaveta e tirar o espelho guardado entre as camisetas.

"Não vou embora até ela sair", teima, enquanto a tarde cai e o céu escurece.

...

CAPÍTULO II

Ela possuía um espelho miraculoso; quando se punha diante dele para olhar-se, dizia:
— Espelho, Espelho na parede, quem é a mais bela em toda a Terra?
E assim respondia o Espelho:
— Senhora Rainha, a senhora é a mais bela em toda a Terra.

JACOB E WILHELM GRIMM
Schneewittchen (Branca de Neve; tradução nossa)

SÃO VICENTE, 1915

Arminda passa pela Praia dos Milionários e pisa a areia quase em frente à Ilha Porchat. Pode ver que Bernarda não segue para a direita, onde a Pedra do Mato é tão visível quanto o areal deserto e as ondas enormes que o vento levanta. Arminda lembra a antiga história da ressaca, quase um *tsunami*, que destruiu a primeira igreja matriz quando a cidade era só uma vila.

Entretanto, a chuva diminui e ela tem uma visão melhor à sua esquerda: na Praia do Itararé uma luz move-se lá adiante, longe das casas e dos postes que ladeiam a linha do bonde.

Tem certeza de que aquela luz é carregada pela irmã. E prossegue, apertando o xale na cabeça para atravessar a grande extensão de areia.

Após correr por alguns minutos, detém-se para retomar o fôlego.

Bernarda agora segue para o mar. Também se enrolou num xale e leva, numa das mãos, o velho lampião da avó, com a manga de vidro grosso mantendo a chama protegida da ventania. Na outra, carrega o espelho; o pequeno volume oval às vezes brilha numa luminosidade balouçante.

Ambas voltam a andar. A chuva parou de vez, porém nuvens cobrem o céu e o mar ruge continuamente. Relâmpagos podem ser vistos para além da Ilha Urubuqueçaba, iluminando a visão de Santos após a divisa com São Vicente.

Arminda estremece e para quando vê Bernarda jogar o xale no chão e colocar o lampião sobre ele; mais adiante, começa a traçar um círculo na areia com uma faca que reflete a luz amarela.

Entende, finalmente. A irmã não está lá para atrair Lorenzo de volta, para erguer a luz e ajudar barcos perdidos a encontrar a praia. Ela vai usar aqueles objetos em algum tipo de encantamento...

Arminda olha o chão, fita uma das poças que a chuva formou na depressão de uma pedra exposta. E a virtude indesejada, de ver coisas ocultas no tempo, toma conta de sua mente e de seus olhos.

Vê o mar revolto. Vê o barco de Lorenzo virar com uma onda gigantesca. Vê os olhos do rapaz amado sumirem num mergulho com gosto de sal. Vê sangue, destroços.

E grita.

Aperta os olhos com as mãos, não querendo ver mais nada.

— Ah, Arminda, ainda pensa que pode se esconder de mim?

Dá um passo para trás e abre os olhos. Não está mais no começo da praia, junto à poça de água da chuva. Está ao lado da irmã, quase na arrebentação, diante da pedra que é a marca registrada do Itararé.

Não lembra como foi parar lá.

Hipnotismo? Magia? Ou é apenas o sono fazendo-a delirar?

Recua outro passo e vê o espelho nas mãos da gêmea.

— Vamos voltar para casa, Bernarda — consegue murmurar.

O rosto igual ao seu retorna o olhar, novo espelho refletindo-lhe o rosto.

— Logo, irmã. Assim que me contar o que viu na água.

— Não sei do que está falando — mente.

— Ah, sabe, sim. Escondeu seus talentos a vida inteira e a avó não percebeu, mas eu sempre soube que você pode *ver*. Nem precisa das ervas e das palavras, como eu. A visão vem naturalmente aos seus olhos. E você nem mesmo a deseja! Não chama o poder.

Arminda tenta recuar mais, e descobre que é impossível; o círculo traçado na areia a impede de sair. Está presa em uma das magias sinistras de Bernarda.

— O que você quer? — pergunta, a voz estrangulada pelo medo.

— Quero o que você tem — a outra responde, fechando as sobrancelhas. — Quero a visão. E, principalmente, quero Lorenzo!

A irmã soluça. Lágrimas brotam. Como não percebera antes?

A outra não deseja apenas as virtudes que até então pensava ter ocultado. Ela inveja o amor que viu surgir entre sua gêmea e o pescador.

Só não sabe que Lorenzo jamais voltará.

— Você não merece a visão — retruca, erguendo o rosto e enxugando as lágrimas no xale. — Não merece as virtudes. Não merece...

— Menina tola! — grita Bernarda. — Eu a teria deixado em paz, quieta no seu canto com as suas bondades e a sua ingenuidade. Mas você ousou gostar dele! Deixou que Lorenzo falasse de amor, recebeu presentes! Não. Vim aqui por um motivo, e vou fazer o que planejei.

Tudo está claro para Arminda, agora. Tola, sim, ingênua! A irmã não deixou a casa à meia-noite querendo ocultar-se. Saiu na madrugada de propósito, levando o espelho para atraí-la. E ela mordeu a isca, como um peixe enganado pelo anzol de um pescador.

Um pescador...

Revê o barco virando, pensa em Lorenzo e ouve um trovão soar ao longe. A tempestade se afasta, levando consigo os barcos destruídos e os corpos dos homens afogados.

Mas ali as ondas ainda rebentam, furiosas, ainda se jogam contra a pedra diante delas.

Um raio rabisca o céu e ilumina o rosto de ambas. O trovão ribomba e os olhos de Bernarda brilham em amarelo, absorvendo a luz do lampião e concentrando em suas íris uma força estranha. Ela ergue o espelho e volta a face brilhante para Arminda.

A princípio a garota esquece o medo, vendo seu rosto refletido no objeto que ama. O amigo inanimado mais uma vez devolve sua imagem limpa, clara, sem maldade. Ele a ajuda a saber quem é, a manter sua identidade protegida, apesar de tudo.

Estende os braços para pegá-lo. Mas, conforme a superfície lisa se aproxima e seu rosto cresce em tamanho no reflexo, começa a se sentir paralisada.

Disfarçada pelos sopros do vento, a voz da irmã recita um sortilégio:

Transitum tangit alium mundum a femina sanguinis portat.
Virtutem meam ordinum per speculum transitus.

Palavras de poder, aprendidas nos cadernos da velha avó... palavras de malignidade antiga, profunda. Tão poderosas e inebriantes que a garota paralisada nem sente dor quando a faca suja de areia tira sangue de seu braço.

Gotas vermelhas escorrem na superfície espelhada.

E sua imagem se tinge de vermelho enquanto o encantamento a engole.

❖

SÃO VICENTE, SÉCULO XXI

Alexa sente-se perplexa ao sair do elevador para o saguão. Por quase uma hora conversou com a doutora, e não entende por que essa consulta foi tão diferente da que teve dois dias antes.

A terapeuta esqueceu as perguntas sobre seus problemas costumeiros: agora só quer saber do espelho quebrado. Como é o objeto, onde a arranhou, que palavras ela ouviu *a voz do outro lado* pronunciar. Anotou tudo, cada detalhe. E marcou outra consulta para dali a dois dias, pedindo, enfaticamente, que ela trouxesse o fragmento.

"O que mudou?", Alexa se pergunta.

A insistência de Nise não a ajuda a lidar com o problema. Só a deixa ansiosa, com mais medo de abrir a gaveta e ouvir de novo aquela voz.

Somente então lembra que deveria ter ligado para o pai vir buscá-la. Na rua, tenta decidir se pega o celular e telefona ou se vai para casa a pé mesmo; então alguém se aproxima.

— Desculpe, você é a Alexa, não é?

É o rapaz que a observara antes, na recepção do prédio. Alto, magro, pele queimada de sol, cabelo curto e crespo, olhos verdes. Parece tímido, pela forma como a aborda.

— Quem quer saber? — retruca, a irritação com a psicóloga ainda temperando suas reações.

— Meu nome é Adriano. Faço terapia com a doutora Nise. Tive uma consulta com ela ontem, na clínica municipal... e ouvi seu nome.

A menina arregala os olhos. Ele parece um garoto normal, inofensivo, mas aprendeu na tevê e no cinema que qualquer um pode ser maluco, perseguidor, assassino serial. Dá um passo para trás, na defensiva.

— E daí? Ela tem muitos pacientes. O que você quer?

Ele baixa o olhar, mais tímido ainda.

— Preciso tirar uma dúvida, não estou te perseguindo nem nada. É que ouvi ela dizer que estava atendendo dois casos parecidos. E fiquei cismado. Por acaso... você teve um acidente com um pedaço de espelho? É que eu tive. E umas coisas doidas me aconteceram por isso.

As engrenagens na cabeça de Alexa a obrigam a pôr de lado a desconfiança. Ele consultou Nise no dia anterior? Aquilo pode explicar a mudança de comportamento da psicóloga.

— Machuquei o braço num pedaço de espelho, sim — murmura. — E coisas doidas também me aconteceram.

Olham-se por um segundo, ambos acostumando-se à ideia de confiar em uma pessoa estranha. Ele, que desde o dia da consulta planeja procurá-la, é mais rápido.

— Eu queria conversar sobre isso. Vi um rosto atrás do vidro, e não era o meu. Também ouvi uma voz... Não foi imaginação, e não acho que a doutora Nise vai me ajudar.

Com um suspiro, Alexa concorda.

— É verdade, eu vi partes de um rosto e ouvi a voz de uma menina no espelho. Isso não é impossível? Como pode ser real?

— Não tenho a menor ideia! Você topa uma conversa? Mas não aqui.

Um som familiar faz a garota olhar para a esquina. Apesar de não ter telefonado, o carro de seu pai se aproxima, buzina e para; ele deve ter calculado seu horário de saída.

— Certo. Meu pai está chegando, preciso ir. Seu nome é Adriano? O que você acha de a gente se encontrar amanhã, no *shopping*? Saio do colégio ao meio-dia e posso passar por lá.

Ele sorri.

— Também saio a essa hora. Na praça de alimentação?

— Combinado.

Ele estende a mão e ela a aperta, sem pensar.

Só depois vem o ataque de timidez, para ambos. Alexa vai para a guia onde o pai já estaciona. Olha para trás meio sem jeito e sorri.

— Até amanhã.

— Até!

Ela entra no carro vermelha de vergonha.

— Quem era aquele rapaz? — seu pai interroga, ao dar a partida.

Ela engole em seco.

— Um amigo. Encontrei por acaso. Também faz terapia com a doutora.

— Ah — é o único comentário do pai, já preocupado com o trânsito.

Na rua, Dri vira a esquina em direção ao centro da cidade. Seu rosto está tão vermelho quanto o dela. Nunca fez nada tão impulsivo; imagina que a garota o julgará maluco.

Mesmo assim, espera desesperadamente que ela apareça no encontro do dia seguinte.

Foi sob protestos que Solero deixou o Clube da Terceira Idade naquela manhã de quinta-feira. Cancelou os passeios dos próximos fins de semana, e seus amigos não ficaram felizes com isso. Ele prometeu que retomará as voltas históricas pela cidade depois de resolver "uns assuntos".

Assuntos que não revelou a ninguém e que ocuparam sua cabeça nos últimos dias. Primeiro localizou, na biblioteca do colégio onde lecionou, livros que mencionavam espelhos mágicos. Leu parte do material obtido, mas ainda havia muito que ler.

Também pegou o pedaço de vidro repetidas vezes, para analisar o que acontecia. Em metade das ocasiões ouviu a mesma voz e viu os mesmos olhos escuros. Nas outras tentativas nada enxergou além do véu de cabelos negros atrás do sangue seco.

Andou perguntando, nos quiosques mais próximos, sobre pessoas que recolhiam conchas e outras coisas trazidas pelo mar até a praia. Imaginava que, se houvesse outros fragmentos daquele espelho, alguém podia tê-los encontrado... E conseguiu um nome.

É cedo. A faixa de areia está quase vazia quando ele se dirige à Pedra do Mato, onde recolheu o pedaço que leva no bolso da calça, embalado em um lenço.

Então, ele a vê.

É uma senhora idosa, magra, olhos claros e cabelo totalmente branco. Usa um vestido desbotado, mas limpo, e anda descalça pela arrebentação, às vezes abaixando-se para pegar algo.

"Corresponde à descrição que me fizeram", ele reflete.

Pega um caderninho de notas num dos bolsos e vira algumas páginas.

"Será a mesma pessoa? Vamos descobrir."

A mulher ouve alguém, ali na areia, dirigir-se a ela.

— A senhora é a dona Oliena?

Não há resposta. A velha o espia de lado, com um olhar desconfiado.

— Quem me disse seu nome foi o Nilo, que tem uma barraca ali — ele continua. — Eu procuro pessoas que fazem artesanato com conchas, cacos de vidro, coisas achadas na praia.

A mulher resmunga algo ininteligível e continua andando. Para, recolhe uma concha cor-de-rosa semienterrada na areia. Ele prossegue.

— Estou muito interessado nisso. Meu nome é Solero, sou professor de História e faço passeios com turistas pelos pontos históricos de São Vicente.

Desta vez, ela o encara com menos desconfiança.

— Oliena. Pode me chamar assim. O mar me chama assim. Não está ouvindo?

Uma onda acaba de rebentar perto deles, e ela põe a mão em concha atrás do ouvido esquerdo, como se escutasse algo. Solero dá um passo para trás, evitando molhar os sapatos.

— O mar diz seu nome? — indaga, inseguro; estará metido numa conversa de doidos?

A velha senhora ri.

— O mar diz o que a gente quer ouvir, moço. Meu nome... seu nome... Ele me traz o sustento. Peixe pro almoço. Mariscos. Restos de tudo que é coisa. E eu faço minhas artes. Se quer comprar, vá olhar as lojas da Biquinha. Elas vendem.

Ela lhe dá as costas e vai em direção ao sol. Saindo de uma barra de nuvens baixas, o astro-rei começa a brilhar acima da Ilha Porchat.

Solero a segue.

— Na verdade, eu não quero comprar artesanato, só preciso saber se a senhora, por acaso, já encontrou certos objetos aqui na praia.

Ela acaba de pegar uma pequena estrela-do-mar. Ergue-a, resmungando.

— O mar leva, o mar traz. De tudo. Do fundo. Do outro lado do mundo.

Um grupo de surfistas aparece do nada, garotos com pranchas em busca de ondas. O professor espera que passem e, quando prossegue pela areia, vê a mulher já bem longe, ao lado dos quiosques que começam a funcionar.

"Ela é rápida!", pensa, apertando o passo.

— Dona Oliena? — ele repete, atraindo-lhe o olhar mais uma vez. — Desculpe insistir, mas a senhora já achou por aqui pedaços de um espelho?

— O mar é meu espelho, não sabe? — diz a estranha mulher. — Ele me diz quem eu sou, quem eu não sou. Ele leva, ele traz, mostra o que a gente quer. Vidro. Espelho. Concha. Eu cato, eu uso.

— É que encontrei um caco de espelho. Queria saber se a senhora não achou mais cacos.

Ouve-a rir de novo e murmurar algo que soa como "espelhos, espelhos, tenho mil espelhos...". Mas desta vez a conversa é cortada por dois rapazes do quiosque mais próximo que carregam uma pilha de cadeiras de praia num carrinho alto e se interpõem entre os dois. Solero os espera passar. Porém, quando vê a praia livre e busca a mulher... ela sumiu.

— Senhora? — chama, desanimado.

Volta-se para todos os lados e nada. Onde está ela? Atrás dos quiosques? No mar? De volta às ruas?

"Ou ela é a velhinha mais rápida do litoral", pensa, "ou é algum tipo de bruxa, feiticeira!"

Contorna os quiosques e segue para a calçada, tentando visualizar o vulto da velha senhora, porém não tem sucesso. Oliena, se é que ela é mesmo Oliena, desapareceu.

Anda pela calçada da praia, intrigado. Já está aceitando a existência de magia! Acha que a artesã pode, sim, ter encontrado mais fragmentos daquele espelho. Talvez Nilo saiba onde ela mora.

Sente, mais que nunca, a necessidade de falar com alguém sobre o que está acontecendo. Mas com quem?

A turma da Terceira Idade pensaria ser piada. Os filhos seriam capazes de interná-lo. Os médicos que atendem no centro de saúde mudam a toda hora, não há nenhum em quem confie.

Então, se lembra de um ex-colega.

— Meu parceiro de estádio! — murmura.

Gustavo foi professor de Psicologia do ensino médio no colégio onde Solero lecionou. Agora dá aulas numa faculdade local. Ficaram amigos em seus últimos anos de magistério e mantêm a amizade, embora não se vejam sempre. Às vezes, vão juntos à Vila Belmiro ver futebol.

— Vou procurar o Gustavo — decide.

O amigo é psicólogo e pode concluir que ele está senil, é claro, mas isso ao menos o fará parar de pensar em magias e feitiçarias. Pega no bolso o celular que raramente usa e constata que nunca adicionou o número do amigo aos contatos; tem apenas os dos filhos.

Segue a passo firme para Vila Valença. Na agenda de casa encontrará os dados do ex-colega. Com ele, deverá ter uma conversa menos maluca do que a que teve com a catadora de conchas!

Adriano acorda com a sensação de ter sonhado com a Praia do Itararé e com a prisioneira do espelho. Não se lembra dos sonhos, só de que havia uma sugestão de perigo no ar. Apesar disso, nem resistiu naquela manhã: apronta-se para ir ao colégio enquanto a mãe lida com o café na cozinha e pega o pedaço de espelho na cômoda.

A princípio, nada vê. Mas assim que passa a mão sobre a superfície lisa, nota que as manchas de sangue, seu sangue, reaparecem, e uma cortina de cabelos escuros é puxada para o lado. Atrás de tudo, surgem os mesmos olhos negros que viu antes.

Ouve um bocejo, uma respiração suave, antes que a voz soe.

— *Dia?... para mim... quem?...*

Fica olhando aquilo, por algum tempo, o coração disparado outra vez.

— Pode me ouvir? — pergunta, baixinho. — Quem é você?

Os olhos negros o olham com estranheza, mas a voz não soa novamente. Antes que faça mais perguntas para a desconhecida, a voz de Luara o chama.

— Venha tomar café, Dri!

Tudo some da face do espelho. O garoto desiste; enrola o fragmento numa das camisetas, apressado, e o coloca na mochila do colégio. Não quer falar de novo sobre aquilo com a mãe. A vida de ambos já é bem sacrificada, e acreditar que coisas mágicas estão acontecendo pode trazer mais incertezas para sua rotina.

Vai para a cozinha e toma o café com leite em silêncio, antecipando em sua mente o encontro marcado para a tarde com Alexa... a menina que também encontrou um pedaço de espelho vivo. Conversar com ela pode ser a chave para ele se livrar daquela coisa estranha.

— Está tudo bem, filho? — Luara o observa por um tempo antes de perguntar.

Adriano tenta sorrir.

— Claro, mãe. Ah, preciso de um favor. Poderia ligar para a doutora Nise e avisar que não consigo ir à consulta com ela hoje, depois da escola? Quero remarcar para a semana que vem.

As sobrancelhas da mãe se fecham, num prenúncio de bronca.

— Posso saber por quê?

Com alguma hesitação ele explica:

— É que eu vou... encontrar uma pessoa... uma amiga... *no shopping*.

— Ah! Sei — Luara engole a surpresa; seu filho vai encontrar uma menina! — Eu a conheço?

Dri fica vermelho.

— Não. É só uma amiga.

Com pena dele, Luara vai lavar a louça do café.

— Tudo bem, filho. Eu ligo para a Nise e aviso que você tem compromisso. Marco uma consulta para a próxima terça-feira. Está bom assim?

Após resmungar alguma coisa, o filho pega o material do colégio e sai. Ela faz a recomendação de sempre:

— Use os óculos!

Já na rua, Adriano pega na mochila a caixinha da óptica e recupera o par de óculos que sempre se esquece de usar. Com um suspiro, engancha-o sobre o nariz. Detesta aquilo, mas naquela manhã terá prova de História e tem de admitir que, com os óculos, consegue enxergar melhor as perguntas que a professora insiste em escrever no quadro-negro para que os alunos copiem. Alguns professores são estranhos, não gostam de distribuir provas impressas.

Tenta ocupar a cabeça com a matéria da prova, a turma do colégio e os amigos do futebol. No entanto, sua mente não para de produzir um eco das palavras da menina do espelho. É como se, agora, ela não viva apenas lá. Fez morada em algum canto de seu cérebro.

— *Dia?... para mim... quem?...* — a voz ecoa.

— Para com isso! — ele sussurra, apertando a cabeça com as mãos.

Todos os colegas olham para ele. Estão em meio à prova de História.

— Você está bem, Adriano? — a professora se aproxima.

Ele usa toda a força de vontade que possui para calar a voz intrometida.

— É... desculpe, tudo bem.

O restante da aula transcorre normalmente. A voz some e ele tem a alegria de descobrir que foi bem na prova, segundo os comentários da turma sobre as questões, no final do período.

Acaba saindo mais cedo, pois o professor de Educação Física faltou; todos são dispensados uma hora antes. No corredor, Manu o alcança.

— Como está o pé? Já dá pra bater uma bola? O pessoal vai aproveitar a folga para jogar.

— Ainda não posso chutar — responde. — Quem sabe na semana que vem.

Acompanha os amigos até a praia, mas não fica com eles. Tem um tempo para gastar antes do horário marcado com Alexa e resolve andar para esfriar a cabeça. A insistência da voz misteriosa em tomar conta de seus pensamentos o está assombrando; talvez o ar da praia o ajude a espairecer, a pôr de lado a preocupação com aquelas magias.

"Feitiçarias...", pensa.

Quando dá por si, está andando pelo calçadão da Praia do Itararé, de olho na famosa pedra que todos chamam de Pedra da Feiticeira.

Diante da rocha, a sensação de perigo, resquício dos sonhos da última noite, retorna.

Algo o ameaça. O que será?

Olha um dos relógios que marcam a temperatura e o horário na orla da praia.

"Estou atrasado", constata.

E, ignorando a dorzinha no pé ferido, apressa-se em direção ao *shopping*.

Solero encontrou os endereços e telefones do amigo, da casa e do trabalho; mas decidiu que, em vez de telefonar, o melhor será falar com ele pessoalmente. Toma um lanche rápido e vai para a faculdade onde sabe que Gustavo dá aulas naquele dia da semana.

Entra no *campus* e se senta em um banco, no jardinzinho próximo à cantina.

Não demora a ouvir o sinal de término das aulas e ver uma avalanche de jovens invadir o espaço. Quando a multidão diminui, vislumbra o amigo, que sai do prédio principal e vai para um pequeno café, num canto cheio pelas mesas e cadeiras em que os alunos se sentam.

"Vamos lá", diz a si mesmo, levantando-se e rumando para o mesmo canto.

Porém, até que se aproxime, uma moça chega antes dele e aborda seu amigo. Não a conhece; ela usa um crachá da clínica municipal.

— Gustavo, podemos conversar? — ouve-a pedir, parecendo aflita.

— Nise, que surpresa! — exclama o professor. — Claro! Quer um café?

Solero acha que será indelicado interromper os dois. Antes que o vejam, senta-se numa das mesinhas próximas; esperará para ter sua conversa.

O que ele não imagina é que ouvirá uma história interessante...

— Eu ia telefonar — diz a moça —, mas como passo por aqui a caminho da clínica, achei que podia dar sorte e te encontrar. Você é a maior autoridade da cidade em terapia com adolescentes... Queria comentar uns casos que estou tratando: dois jovens que não se conhecem, mas apresentam problemas idênticos, relacionados a imagens no espelho.

Ao ouvir a palavra "espelho", as sobrancelhas de Solero se erguem.

— Muitos jovens têm problemas de identidade na adolescência, evitam olhar os seus reflexos. Que idade eles têm? — pergunta Gustavo.

— O menino tem quinze, a menina catorze. Vêm de camadas sociais diferentes, estudam em colégios diferentes. Atendo a garota no consultório e o garoto na clínica. Imagine só: ele machucou o pé num pedaço de espelho na praia, ela feriu o braço num móbile de espelhinhos... e os dois juram que enxergam outra pessoa através do vidro. As descrições do que veem são idênticas!

O ex-professor está a ponto de soltar uma exclamação.

— Quando isso começou? — Gustavo parece bem interessado.

Durante alguns minutos, Solero fica ouvindo a doutora contar ao outro sobre as consultas que teve com os dois jovens. Perde alguns detalhes da conversa por conta de estudantes que passam falando, mas o que ouve é suficiente para deixá-lo cismado. Não é só com ele que aquilo acontece! O relato da terapeuta dá conta de que o menino e a menina passam exatamente pela mesma loucura...

Encontraram pedaços de um espelho, machucaram-se com aquilo, e dizem que seu sangue foi absorvido pelo objeto. Veem parte de um rosto na face espelhada: uma garota de olhos escuros e cabelo negro. E ouvem uma voz dizer trechos de frases.

"O que eu faço, agora?", indaga-se o velho professor. "Conto a minha experiência?"

Antes que decida o que fazer, contudo, eles encerram a conversa.

— Preciso ir — declara a moça —, tenho um paciente em quinze minutos.

— Também estou com pressa — devolve Gustavo. — Esses casos me interessam muito. Vou ver se acho alguma bibliografia a respeito e ligo para você. Quando podemos nos ver com calma?

— A semana que vem deve ser mais tranquila, podemos marcar um almoço ou um café — diz ela. — Obrigada, quero muito ajudar esses pacientes.

Os dois se separam e uma nova onda de estudantes não deixa o professor universitário ver Solero, que desiste de falar com o amigo naquela hora e vai atrás da moça para fora do *campus*.

Como ela não o conhece, não estranha ver um senhor idoso perto de si na calçada. Quando a vê entrar na clínica municipal, ele para e anota no caderninho o nome que ouviu: Nise.

— Então — diz a si mesmo, guardando o caderno —, se outras pessoas passam pela mesma coisa, pode ser que eu não esteja completamente doido afinal!

Ri baixinho enquanto anda para casa. Fará novos planos. E eles incluem brincar de espionagem, algo que ele sempre quis fazer na vida.

Alexa tem uma manhã complicada após a noite cheia de pesadelos. Ouviu a voz da menina do espelho várias vezes martelando em sua cabeça com avisos de perigo. Nos sonhos, além da voz insistente, havia o mar revolto, um barco naufragando no mar do Itararé, a Pedra da Feiticeira e uma chuva forte que a assustou. Acorda de súbito e dá com a insuportável irmã sentada ao lado, rindo.

— O que você quer? — pergunta a Alena; está mal-humorada e sua cabeça dói.

— Ih, que baixo-astral — diz a menina, parecendo divertir-se. — Só quero ajudar, maninha. Por exemplo, posso te dar uns conselhos sobre namorados.

— Não preciso de conselhos seus! — ela explode, imaginando se o pai mencionou algo sobre o garoto com quem a viu conversar na rua.

— Eu acho que precisa, sim. Conta, Lexa, quem é Adriano?

— O quê?! — ela salta da cama, furiosa.

— Você fala dormindo, irmãzinha. E eu ouvi muito bem você chamar um Adriano no meio dos seus sonhos. Conta de uma vez. Quem é ele? É bonito? É mais velho? Tem carro?

Alexa sai do quarto bufando e fica trancada no banheiro por um bom tempo até se acalmar. Não se lembra de ter dito o nome *dele* em seus sonhos. Já não bastam os pesadelos, agora ainda tem de aturar a irmã se intrometendo em seu subconsciente?

"Era só o que me faltava!", pensa, respirando fundo para não chorar.

Quando deixa o banheiro, a irmã já está tomando café. Isso lhe dá tempo suficiente para pegar o espelhinho, envolvê-lo num cachecol e jogá-lo no fundo da mochila escolar.

Infelizmente, no colégio, Alena não para de infernizá-la. Quer porque quer descobrir quem é o tal Adriano, vai até olhar a lista de presença da sala da irmã. Não encontra nada, mas é outro pesadelo despistá-la na saída.

Por sorte, a turma de Alexa tem prova na última aula, e como ela acha as questões fáceis e entrega a prova antes de todo mundo, sai mais cedo e some antes que a irmã mais nova a veja.

Para garantir que não seja flagrada indo para o local do encontro, entra em uma loja de roupas na Rua Martim Afonso e se senta num canto escondido. Pega na mochila o livro que está lendo e se distrai com a leitura, enquanto espera dar meio-dia.

Funciona, mas ela acaba se distraindo mais do que esperava; quando olha para o celular, vê que já são doze e quinze. Então guarda tudo e vai, às carreiras, para o *shopping*.

Lá, não vê Adriano em lugar nenhum. Imagina que ele pode ter ido embora. Mas não é tão tarde assim, por isso senta-se numa mesa de canto na praça de alimentação e fica atenta ao burburinho ao redor. Um minuto depois ele aparece diante dela com um sorriso tímido.

— Você veio — murmura.

— Você também — ela sorri, sem jeito.

Colocam as respectivas mochilas sobre a mesa e, entre elas, olham-se com cumplicidade.

— Vou te contar como tudo começou — diz ele, quebrando a timidez e o silêncio.

Relata tudo, desde o grito de "Cuidado!" ouvido na praia até as últimas palavras ditas pela garota do espelho. Alexa ouve e depois conta sua história, começando com o presente da avó e terminando com os pesadelos da noite anterior.

— É difícil de acreditar que isso tudo é de verdade — comenta ela, ao terminar a narrativa. — Mas é mais difícil ainda imaginar que aconteceu a mesma coisa com você!

— No começo, eu pensei que tinha ficado maluco — conta Adriano. — Mas se tudo é igualzinho... a gente não ficou doido, não é?

Ela sacode os cachos castanhos.

— Não, mesmo! Só acho que a doutora Nise nunca vai acreditar em nós.

— Ela vai arrumar alguma explicação psicológica, sei lá.

A mesma ideia brinca na cabeça de ambos.

— Você... trouxe? — ele pergunta.

Alexa faz que sim com a cabeça.

— E você?

Ele repete o gesto. Sem combinarem nada, abrem as respectivas mochilas e buscam os pedaços de espelho. Pousam-nos sobre a mesa do *shopping*.

— São quase iguais — ela murmura.

Ele aproxima um fragmento do outro.

— Incrível. São duas partes do *mesmo espelho*!

A garota também empurra o objeto, e as mãos dos dois adolescentes se tocam quando uma parte encaixa perfeitamente na outra. Formam a metade de cima do pequeno espelho oval.

Atrás do vidro, eles veem, desta vez, o rosto quase completo da menina.

Os olhos negros param nos dois jovens que a fitam. Sua expressão é de medo, espanto.

— Menina — Dri se aventura a falar, baixinho. — Quem é você?

— Como foi parar aí, atrás do espelho? — acrescenta Alexa, emocionada.

— *Meu Deus!...* — exclama ela. — *Podem mesmo me ver? Achei que estivesse sonhando...*

Antes que eles respondam, as manchas de sangue reaparecem, tornando imprecisa a imagem da garota e, aparentemente, assustando-a tanto quanto assustam os dois jovens.

Eles a percebem afastar-se, colocar as mãos no rosto e começar a chorar. A cortina de cabelos negros cobre a face de vidro e, no instante seguinte, tudo desaparece.

— O que foi que... — Alexa começa a estender a mão para tocar o objeto.

— Cuidado! — Dri alerta.

Naquele momento as partes se separam sozinhas, com um ruído seco.

Agora há apenas dois pedaços inanimados de vidro manchado, largados sobre a mesa.

E os dois jovens se sentem mais perdidos que nunca.

...

CAPÍTULO III

Diz uma lenda que a depressão que há no alto da pedra é chamada "Cama da Velha", pois uma idosa mulher ia lá se deitar à noite; fez isso durante anos. Contam que ela acendia uma fogueira e acenava aos navios que passavam, pois amava um marinheiro que partira e nunca retornava à terra. Há quem acredite que a velha enlouqueceu com o sumiço do amante e que, um dia, entrou no mar para ir ao encontro de um barco ao longe. Afogou-se, porém sua voz continua a ser ouvida na pedra, que por isso recebeu o nome de Pedra da Feiticeira.

DO FOLCLORE DE SÃO VICENTE

SÃO VICENTE, 1915

Bernarda ri, triunfante. O encantamento está completo. E o vento carrega sua risada para longe. Ecos soam por toda a Praia do Itararé, pelo bairro da Boa Vista, alcançam a divisa e fazem muita gente tremer de medo em meio ao sono.

As mãos de Arminda tocam o vidro.

Sua visão está mudada: ainda se sente na praia, pisando na areia molhada, o xale em torno dos ombros. No entanto, olha para o outro lado agora. Onde foi parar a irmã?

Sente-se girar violentamente. E, apenas naquela hora, em que seus olhos e os de Bernarda se fitam, é que ela percebe o que aconteceu.

Foi parar do outro lado. A gêmea a prendeu dentro do espelho!

Tenta falar e sua voz soa abafada, sobrenatural.

— *Bernarda, me deixe sair! Isso não está certo. Irmã, por favor...*

— Não — é a resposta, hostil. — Demorei muito para descobrir como me livrar de você. Infelizmente, parece que não posso absorver o seu poder, só os seus anos. Mas eles me bastam. Vou viver em dobro, enquanto você fica parada no tempo!

O vento volta com força e a luz do lampião diminui, ocultando de todas as vistas o vulto, agora único, na praia. Ninguém ouve o choro de desespero da garota presa no objeto oval; nenhuma testemunha vê Bernarda sair do círculo riscado na areia e seguir para o mar.

As ondas se afastam à aproximação de seus passos, e a maré abaixa mais conforme ela anda até se postar diante da pedra.

O espelho gera um som de cristal partido quando ela o bate, com força calculada, contra a grande rocha. Uma onda arrebentando na pedra abafa o som; apenas do *outro lado* aquele ruído reverbera ensurdecedoramente, obrigando Arminda a tapar os ouvidos.

Ela sente sua mente e seus talentos se quebrarem no segundo em que o vidro se parte em quatro pedaços. E Bernarda percebe a força de vida da irmã duplicar a sua.

Sente-se revigorada, como deveria ser desde o princípio, se tivesse nascido filha única!

A magia de Arminda, contudo, some com o refluxo das ondas. Magia que poderia ter sido da gêmea mais forte, em vez de pertencer a uma garota simplória.

A irmã feiticeira ri com desprezo e, afastando-se da pedra, começa a arremessar os pedaços do espelho ao mar, um por vez.

— Espelho, espelho seu... Todo seu. Adeus, irmã! Se não posso ter seus poderes, ao menos posso destruí-los, e sem nem causar sua morte. Você viverá. Aprisionada, quebrada, partida. E eu viverei por nós duas! Esperarei por Lorenzo. Juntos, nós nos consolaremos pelo seu desaparecimento.

Arminda quer gritar. Quer revelar que Lorenzo está morto, não retornará. Mas suas palavras agora estão divididas, presas atrás dos pedaços do espelho; submergiram no fluir do mar que a carrega. E ela se deixa levar, a consciência dividida em quatro partes.

Quatro pedaços de vidro.

Fragmentos de um espelho oval que não voltará para a parede da velha casa.

SÃO VICENTE, SÉCULO XXI

Na sexta-feira, há uma apresentação de teatro no colégio à tarde, e por isso Alexa tem uma desculpa para não comparecer à consulta com a psicóloga. O que a garota acha ótimo, pois não sabe como disfarçar o fato de que agora sabe mais do que devia sobre certo paciente da doutora...

No encontro do dia anterior, no *shopping*, ela e Adriano combinaram de se ver no sábado. Como os dois sonharam com a praia, e a Pedra da Feiticeira está na cabeça de ambos, marcaram em um quiosque lá perto como ponto de encontro.

E no fim de semana ela sai cedo de casa, dizendo aos pais que vai correr no calçadão da praia. A mãe quase não acredita, o pai resmunga que tenha cuidado e Alena ainda está dormindo, o que evita que façam a irmã acompanhá-la.

Quanto a Adriano, passa pelo Gonzaguinha para dar um alô aos amigos do futebol semanal, justificando-se com a dor que ainda sente para não jogar. Mas é só afastar-se deles que apressa o passo, quase nem mais notando o ferimento, que cicatriza rapidamente.

A praia está quase vazia, o céu se mostra encoberto. Mesmo assim o pessoal dos quiosques aposta no aparecimento do sol e prepara as mesinhas e cadeiras para quem vier.

Os dois chegam quase ao mesmo tempo, ele vindo do calçadão e ela do outro lado da avenida à beira-mar. Sentam-se sob um guarda-sol, já com a mesma cumplicidade do outro dia.

— Você quer um suco? — ele pergunta, com a timidez de sempre.

— Só se eles tiverem de abacaxi com manga — ela propõe.

Parece incrível: Dri jura que aquela é sua combinação favorita de sucos, embora seus amigos achem a mistura horrível. Lexa ri, pois Alena sempre diz o mesmo. Enquanto o suco é preparado e chega à mesa, os dois conversam sobre tudo. Ela fala da irmã que não lhe dá trégua, ele conta sobre a mãe. Comparam os colégios, chegando à conclusão de que existe gente chata em todos os lugares.

Apenas quando o suco termina e o sol já surge, é que passam ao assunto que mais lhes importa. Ambos pegam, ela na bolsa e ele na mochila, os fragmentos do espelho.

Mais uma vez o encaixe perfeito traz um arrepio à espinha dos dois. E, como no outro dia, a visão retorna. A menina do outro lado afasta o cabelo do rosto, seus olhos se aproximam da face espelhada. A voz não demora a soar.

— *Vocês... quem... como?...*

É ela quem toma coragem para falar primeiro.

— A gente vê você num pedaço de espelho. Eu me chamo Alexa.

— E eu sou o Adriano — ele continua. — Como é o seu nome?

Os olhos negros se enchem de lágrimas, que escorrem junto às manchas de sangue, que recomeçam a dançar no vidro.

— *Nome... meu nome... meu rosto... minha alma... partida, partida.*

— Vocês querem mais alguma coisa? — uma voz os assusta.

Alexa cobre o espelho com a bolsa e Dri encara a moça do quiosque.

— É... pode trazer mais um suco?

Quando a moça se afasta e a garota tira a bolsa de cima dos fragmentos, eles se separaram e não há mais sinal da menina do *outro lado*.

— Ah, que droga! — resmunga Lexa. — Ela sumiu de novo.

Ele tenta reunir os pedaços, e até pega os óculos na mochila, colocando-os para ver melhor.

— Mas tem outra coisa lá no fundo, olha só... e não é o reflexo do guarda-sol.

Alexa aperta os olhos e observa o que ele indica.

— Será possível? É uma praia. É esta praia!

Suas cabeças se tocam quando se aproximam mais ainda do espelho. Impossivelmente refletida ali, há uma imagem do Itararé. Veem a areia, o mar, a Pedra da Feiticeira e, ao fundo, a Ilha Urubuqueçaba. Ambos erguem o olhar, comparando o que há à sua frente com o que viram...

— É o mesmo lugar, mas diferente — conclui ele. — Não tem a escultura da feiticeira na pedra.

— Também não tem barracas nem cadeiras na praia — ela completa. — E, lá no fundo, na orla de Santos, não existem prédios!

O segundo copo de suco chega, e mais uma vez a bolsa de Alexa esconde o objeto.

E novamente, quando observam o espelho, tudo sumiu: agora enxergam apenas as cores do guarda-sol sobre suas cabeças. No entanto, têm novas ideias, e Adriano começa a resumir:

— Então. Acho que vimos Itararé, só que num outro tempo. No passado. Isso quer dizer...

— ... que a menina do outro lado viveu aqui num tempo antigo. E aí alguma coisa aconteceu.

Ele fita a Pedra da Feiticeira. Ela segue seu olhar.

As ondas rebentam na rocha e o sol brilha sobre a escultura. Pode ser ilusão de ótica causada pelo sol, mas a ambos parece que o que a mulher ali representada ergue, para o céu, não é um objeto qualquer. Podem jurar que ela ergue um espelho oval.

O fim de semana é frustrante para Solero. É verdade que fez muitas perguntas a conhecidos e descobriu mais sobre a doutora Nise, inclusive o endereço de seu consultório; mas ainda não teve coragem de procurar Gustavo.

Por outro lado, pegou emprestados mais livros que falam de espelhos mágicos. Infelizmente, quanto mais lê, mais pensa que está endoidando.

Quanto à misteriosa dona Oliena, seu amigo Lino acha que ela mora para os lados da Divisa. Pensa em ir até lá no domingo de manhã, mas o dia amanhece quente demais e ele desiste no meio do caminho, em Itararé, antes do fim da praia.

No mar, a Pedra da Feiticeira chama sua atenção. Lembra-se de vê-la desde que era criança, sem a escultura. Não sabe quando puseram a estátua lá, apenas recorda a lenda que ouviu contar.

"Uma mulher perdeu o amor da sua vida para o mar", recorda, "e vem à noite acender fogueiras na praia, bem aqui, tentando guiar um barco perdido de volta a São Vicente. Foi uma feiticeira e deu nome à pedra."

Acaba voltando para casa mais cedo do que planejou, pensando na pedra e na estátua. Por algum motivo, acredita que aquilo tem relação com seu pedaço de espelho mágico.

No domingo à tarde, após a macarronada preparada por Luara, Adriano ouve o telefone do apartamento tocar e vê a mãe sorrir, ao atender.

— Sim, ele está. Quem quer falar?... Espere um segundo, Alexa, vou passar ao Adriano.

Ele atende, constrangido, ciente do que a mãe está pensando.

— Oi, é o Dri. Tudo bem?

A voz dela soa insegura ao telefone.

— *Olha... desculpa te ligar assim. É que meus pais vão com a Alena na festa de aniversário de uma prima, e eu disse que não podia ir porque marquei de ir ao cinema com uns colegas. Aí pensei, quem sabe se... a gente podia se ver.*

Dri sorri. Estava justamente pensando nela.

— *No shopping?* Posso te encontrar lá em menos de meia hora.

Ela solta o que parece um suspiro de alívio para ele.

— *Feito! Vou pra lá e te espero na bilheteria do cinema.*

Ao desligar o aparelho, ele tenta evitar o olhar da mãe. Luara é discreta.

— Quer dinheiro para o cinema? — ela pergunta, já mexendo na carteira.

Sem jeito, ele apenas faz que sim com a cabeça. Vai trocar a camiseta e em cinco minutos está na rua. Dali para o *shopping* são poucos quarteirões.

Encontra a garota verificando o painel eletrônico que mostra os filmes em cartaz.

— Seus pais não se importaram por você não sair com eles?

Ela mostra o celular.

— Tenho de ligar antes e depois do filme, mas escapei sem minha irmã descobrir. Ela estava no banho e, como demora duas horas pra se arrumar, saí antes! Que bom que você veio.

Ele disfarça a timidez mostrando um cartaz ali ao lado.

— Eu estava querendo ver aquele filme. Você gosta de ficção científica?

— Adoro! — diz ela, parecendo sincera.

Naquela tarde, os dois conversam sobre outros assuntos, além do problema que os aflige. Filmes, livros, quadrinhos. Somente após a sessão do cinema é que ele toca no assunto:

— Você tem uma consulta com a doutora amanhã, não tem?

Alexa concorda.

— Tenho, logo no começo da tarde. O que você acha de...

Ele sabe exatamente o que ela vai propor.

— ... De a gente ir encontrar a Nise, juntos, e falar a verdade pra ela, de uma vez por todas?

Acertam os detalhes. Estão curiosos para ver a reação da psicóloga.

Mal podem esperar que chegue o dia seguinte.

Nise está contrariada naquela segunda-feira. Nenhum dos dois jovens pacientes compareceu às consultas marcadas, na quinta e na sexta da semana anterior; para piorar, ela passou o sábado e o domingo consultando livros que Gustavo indicou e nenhum deles a ajudou. Nada naquela bibliografia alude a adolescentes que veem imagens estranhas em pedaços de espelhos.

"Eu devia era reler meus livros infantis", pensa, ao subir os degraus que levam à portaria do edifício. "Acho que *Alice através do espelho* vai me ajudar mais que uma dúzia de compêndios de psicologia clínica..."

A ideia lhe traz aos lábios um sorriso, que se transforma em expressão de espanto quando, em seu caminho para o elevador, dá com as duas pessoas que não imaginava encontrar, juntas.

— Oi, doutora — diz Adriano.

— Queremos falar com a senhora — pede Alexa. — Sobre os pedaços de espelho.

Após um instante de perplexidade, ela reage.

— Então, vocês se conhecem. Andaram brincando comigo, inventando aquela história toda.

O garoto franze a testa e revida:

— Tudo que eu contei para a senhora é verdade. É que eu ouvi aquela sua conversa no celular, dizendo que tinha outra paciente com um caso parecido... Vim até aqui na quarta-feira passada e conheci a Alexa.

— A gente nunca tinha se encontrado antes. Mas conversamos e descobrimos que o que acontece com a gente é igualzinho.

A psicóloga respira fundo.

— Vamos subir para o consultório e falar com privacidade — sugere.

— Não — diz o garoto.

— A gente não quer uma consulta. Preferimos uma conversa em outro lugar.

Nise pensa um pouco, consulta o relógio do celular.

— Nesta rua mesmo, na esquina de baixo, tem uma cafeteria. É pequena e tranquila. Preciso subir agora, mas posso encontrar vocês dois lá em meia hora. O que acham?

Ambos concordam. E, enquanto ela vai para os elevadores e eles saem para a rua, bem satisfeitos com sua emboscada, não veem que são observados. Um senhor, sentado no sofá da portaria, aparentemente à espera de alguém, baixa a revista que fingia ler e ri consigo mesmo.

"E não é que eu levo jeito para essa coisa de espionagem?"

Devolve a revista à mesinha da recepção, levanta-se e sai, vagarosamente.

— Bem que eu estava com vontade de tomar um chocolate — murmura.

❖

Nise entra na pequena cafeteria e vê os adolescentes numa mesa de fundo, dividindo um suco. Pensa que parecem amigos demais para terem se conhecido apenas há uma semana... Olha ao redor e nota apenas um homem idoso numa mesa próxima, tomando chocolate quente e fazendo anotações em um caderninho. Conclui que ali será um bom lugar para confrontar os jovens, afinal.

Uma atendente se aproxima e ela pede um *cappuccino*. Então, senta-se e olha francamente de um para outro.

— Bem, estou esperando. O que vocês têm a me dizer?

Alexa cutuca Adriano, que começa a falar, muito sem jeito.

Ele confessa o truque do agasalho na clínica, diz como procurou o endereço dela e a garota chamada Alexa, que, por sua vez, toma a palavra e conta como se sentiu mais segura depois de confiar nele e descobrir que não era a única a passar por aquela experiência bizarra.

A psicóloga ouve, atenta. Os dois fazem uma pausa quando a garçonete traz o *cappuccino* e somente após tomar um gole é que a doutora se dirige aos dois.

— Entendam — ela diz, pacientemente —, a terapia que estão fazendo é individual. Não é saudável um paciente invadir a privacidade do outro. Vocês estão complicando uma situação já bem estranha e dando força às ilusões um do outro...

— Não é ilusão — a garota retruca. — Nós vamos provar para a senhora.

— Trouxemos os pedaços — diz ele, pegando algo na mochila. — Fazem parte da mesma peça!

Antes que ela possa protestar, ambos colocam sobre a mesinha da cafeteria os dois fragmentos. Para sua surpresa, eles se encaixam perfeitamente, formando parte de um espelho oval.

— Se vocês estão dizendo a verdade — a médica murmura, intrigada, baixando o rosto para ver melhor —, essa é uma coincidência inacreditável. Como é possível que partes de um mesmo vidro quebrado tenham ido parar em suas mãos? E que vocês tenham se encontrado? Não faz sentido. Coisas desse tipo só acontecem em romances, em livros de ficção fantástica.

Adriano passa a mão sobre a superfície.

— Parece loucura, mas quando a gente juntou as partes a menina do outro lado voltou.

— Agora as coisas que ela diz fazem mais sentido — completa Alexa.

Nise sabe que aquilo é impossível; não pode aceitar que haja, mesmo, outro mundo atrás daquilo. No entanto, começa a ver movimento no vidro... manchas vermelhas parecem mover-se.

Magicamente.

— Não pode ser — sussurra.

— Se ao menos a gente conseguisse achar o resto do espelho... — resmunga Alexa.

Dri completa:

— Vai ser difícil decifrar esse mistério só com dois pedaços.

— Três — soa uma voz atrás deles.

E, ao se voltarem, dão com um senhor de cabelo branco que, com a maior calma do mundo, estende a mão e coloca sobre a mesa um pequeno objeto.

É mais um pedaço do espelho quebrado que, incrivelmente, se junta às outras duas partes com perfeição. Os três ainda estão olhando, estupefatos, para o homem que surgiu do nada; porém sua atenção é de súbito atraída para a mesa.

Pois ali, agora, podem ver um rosto feminino.

Uma garota afasta o cabelo negro com a mão e os encara, assustada, como quem está diante de fantasmas.

A voz suave, tristonha, ecoa na cafeteria. Parece vir de muito longe:

— *Por favor. Preciso saber. Quem sou eu?*

. . .

CAPÍTULO IV

Agora chegamos à passagem. Podemos enxergar uma brecha da entrada para a Casa do Espelho, se deixarmos a porta da sala de estar aberta: é parecida com a nossa passagem, pelo que dá para ver, mas pode ser tudo muito diferente do lado de lá... Vamos fingir que existe um jeito de atravessar, que o vidro ficou fino como uma gaze, para a gente poder passar. Olhe, está se transformando numa névoa agora, eu juro! Vai ser fácil demais atravessar...

LEWIS CARROLL
Through the Looking Glass (Alice através do espelho; tradução nossa)

SÃO VICENTE, SÉCULO XX

Ela tentou de tudo.
Cada receita nos cadernos da velha avó foi testada. Cada palavra de encantamento foi repetida. No entanto, nenhuma das fórmulas mágicas faz o barco de Lorenzo retornar à praia.

Na cidade, comenta-se que ele foi mais uma vítima do mar. E que a jovem Arminda se deixou afogar por amor ao pescador desaparecido...

Bernarda não aceita o fracasso em atraí-lo de volta. Tanto trabalho para se livrar da irmã, tantos planos para roubar seus anos de vida e duplicar a própria juventude! O que fez foi por Lorenzo, na esperança de tê-lo só para si.

Tudo inútil.

"Será que foi isso que ela viu na água da arrebentação?", imagina, olhando, desanimada, as ondas quebrando nas areias do Itararé. "Será que ela sabia que ele não voltaria, e não me contou?"

Odeia a gêmea com mais força, sabendo que não há mais como atingi-la do lado de lá...

— Tem de haver um jeito! — grita, furiosa, para o mar. — Posso trazê-lo de volta! Tenho poder!

E desafia o destino outra vez.

Sobe à pedra para perscrutar o horizonte. Busca novos encantamentos, acende fogueiras, queima ervas sagradas. Não se importa quanto tempo levará: está decidida a usar todos os recursos de que dispõe para trazer de volta o homem que ama.

O mar, contudo, responde aos seus feitiços com indiferença. As ondas trazem muitas coisas à beira da praia: valores, lembranças, objetos perdidos, mas não trazem o barco de Lorenzo.

Teimosa, Bernarda persiste. E na Boa Vista, em Itararé, no Gonzaguinha, na Divisa, até em bairros distantes as pessoas começam a murmurar.

Tem gente que, quando enxerga a pedra, benze-se e vai para longe.

Ninguém quer passar por lá e dar com a estranha feiticeira da Boa Vista.

SÃO VICENTE, SÉCULO XXI

Nise acorda de repente. Senta-se na cama.

Espera que tudo tenha sido só um sonho... mas sua esperança se desfaz assim que dá com o caderno sobre a mesinha de cabeceira. Pega-o e relê como descreveu o encontro do dia anterior.

Coisas bizarras agora constam do *Caderno de anotações da doutora Nise S., terapeuta*.

— Três pessoas encontraram pedaços de espelho que mostram uma imagem do outro lado — diz, em voz alta. — Elas veem uma garota que não sabe direito quem é. E eu... eu também a vi.

Suspira, desorientada. Levanta-se e vai ligar a cafeteira, esperando que depois de tomar café a situação pareça menos embaraçosa.

De fato, após alimentar-se e espantar o sono, a psicóloga se sente mais segura. Sabe que atendeu seus pacientes da forma correta. Sabe que argumentou com os três, buscando explicações racionais para o enigma. Alucinação coletiva? Ilusão compartilhada? Hipnose? Os adolescentes e o senhor que os seguiu e surpreendeu na cafeteria não aceitaram nenhuma daquelas hipóteses, mas combinaram algumas providências para tentar decifrar o mistério. Ela os verá em alguns dias.

Até lá, pode tentar, por sua conta, descobrir mais sobre o que está acontecendo. Pois o que a perturba não é a reação deles, é a sua própria!

"Eu vi os pedaços de espelho se unirem", admite. "Ouvi a voz da menina do outro lado. Notei seus olhos tristes, desesperados. Não era um filme, um vídeo: ela estava mesmo lá. Reagia às nossas palavras, aos nossos rostos!"

Nise precisa de uma nova teoria, que satisfaça sua razão, para não perder o rumo. E só uma pessoa pode ajudá-la a encontrar uma explicação alternativa. No dia anterior, relutou em contatar Gustavo, o especialista em psicologia adolescente. Mas agora sabe que é só o que pode fazer.

Pega o celular e tecla o número.

— Você não vai acreditar no que me aconteceu ontem. Preciso vê-lo, com urgência!

Se Nise está perplexa, Solero se sente feliz. Não ficou maluco, nem está senil: seja o que for que prendeu a menina do outro lado do espelho, é real! Até a psicóloga a viu, apesar de não querer acreditar nos próprios olhos e ter tentado arrumar explicações mirabolantes.

Os dois adolescentes que com ele partilham a bizarra situação também pareceram mais seguros, especialmente depois que ele lhes contou como encontrou o espelho.

Marcaram um encontro para dali a alguns dias, e no intervalo cada um ficou de pesquisar uma parte do mistério. O ex-professor está confiante, já não se sente mais enlouquecer.

"Vamos descobrir tudo", diz a si mesmo, após tomar um café reforçado naquela terça-feira.

Vira páginas de seu caderninho e lê o nome que sublinhou várias vezes.

Aquele é seu objetivo para o dia: ir mais uma vez em busca de Oliena.

Adriano entra em casa carregando uma pilha de livros. A mãe está na cozinha, preparando uma omelete; é um dos raros dias em que ela tem tempo de almoçar em casa.

Ele deixa a carga sobre a mesinha da sala e ouve o que já esperava:

— De onde veio tudo isso?!

— Da biblioteca do colégio — responde, sem fornecer detalhes.

Luara não discute. Assume que o filho tem trabalhos escolares para fazer e volta à cozinha. Dri sorri, vai guardar a mochila no quarto. Não quer se distrair, sabendo que seu pedaço de espelho está guardado ali no fundo. A garota perdida que fique quieta, enquanto ele busca informações nos livros. Lerá sobre tradições mágicas envolvendo reflexos... Não encontrou todos os títulos que o professor Solero indicou, mas já tem material suficiente para começar a pesquisa.

Sempre foi chamado de *nerd* por preferir a companhia dos livros a das pessoas, mesmo.

❖

A mãe de Alexa está preocupada. Além de todos os problemas da filha, sempre com a autoestima baixa, agora as brigas com Alena alcançam níveis alarmantes. As duas nunca estão de acordo em nada, e a mais nova se ocupa em espionar a mais velha para delatar todos os seus atos.

— Isso é normal — diz o marido, tentando acalmá-la. — Eu e meu irmão brigávamos o tempo todo. Quando as duas crescerem vão se entender.

O coração materno, contudo, não tem tanta certeza. Foi a filha mais jovem que os fez contatarem de novo a doutora Nise, alegando que a irmã andava enxergando coisas invisíveis em pedaços de espelhos. Agora, após uma semana de terapia, Alexa parece estar em bons termos com a psicóloga, porém acusa Alena de espioná-la no colégio e infernizar sua vida fofocando com as colegas. Faz alguns dias que as duas evitam até se encontrar durante as refeições.

Pensando em conversar com a mais velha sobre a situação, a mãe encontra-a no canto da sala que serve de escritório. Livros e cadernos abertos cercam o computador.

— O que está pesquisando, filha? — pergunta, intrigada; pois apesar de todos os problemas, a garota sempre tira ótimas notas. Nem precisaria estudar tanto assim.

— Lendas antigas de São Vicente — ela responde, anotando algo que parece interessante demais para ser interrompido. — Tem pouquíssimo material *on-line*, acho que vou ter de falar com alguém no Instituto Histórico e Geográfico, ou ir pesquisar em alguma biblioteca de faculdade. É incrível como as pessoas não ligam para a preservação das tradições! Um absurdo!

A mãe desiste de ter uma conversa séria naquela hora. Alexa está em um de seus *surtos de nerdice*, como diz Alena, portanto é melhor não perturbá-la. Além do mais, reflete a boa senhora, enquanto pesquisa ela não tem ataques de ódio a espelhos, nem briga com a irmã mais nova...

— Claro, filha, vou te deixar pesquisar em paz — diz, indo para a sala de jantar.

Não repara que as várias páginas abertas na tela do computador mostram a mesma imagem: uma pedra entre as ondas, retratada em variadas datas, do século passado até o atual.

Somente na quinta-feira de manhã Solero consegue encontrar a velha senhora outra vez. Vigiando uma lojinha de artesanato em Itararé, que acaba de abrir as portas, vê quando a mulher sai após deixar lá o que parece ser alguma encomenda.

Oliena anda, agora, para a praia vazia. Solero sabe que ela irá, vagarosamente, vasculhar a arrebentação em busca dos tesouros trazidos pelo mar. O ex-professor tem tempo de sobra para entrar na loja. O rapaz que trabalha lá desembala objetos feitos com conchas: fotografias de pontos turísticos emolduradas por caramujos, pequenos navios em pedestais ou chaveiros. Tudo é bem artesanal, e nada daquilo mostra pedaços de espelho.

O professor sai do local e vai para o calçadão a tempo de ver a velha senhora lavar algumas conchas maiores no mar e depois deixar a areia, enveredando pelos terminais de ônibus junto à Divisa. Segue naquela direção; se der sorte, descobrirá onde ela mora.

Entretanto, a mulher é rápida. Ele lembra que ela lhe pareceu usar magia no outro dia; quando contorna o último ponto em que as pessoas aguardam a condução, não a vê.

— De novo, não! — resmunga, mal-humorado.

Vai parar no início dos jardins de Santos, na Praia do José Menino. Pensa ver alguém parecido com ela atravessar a avenida, mas naquele momento o semáforo de pedestres se fecha e agora dezenas de carros passam por ali, velozes.

A pessoa que pode, ou não, ser a artesã some na primeira travessa do outro lado.

Resta-lhe fazer perguntas. Passa por algumas lanchonetes e vê um escritório de imobiliária, onde um senhor atende a um balcão. O lugar está vazio e o sujeito lê jornal. Se for um funcionário antigo, poderá ajudar...

— Ah, a dona Oliena? — o homem sorri. — Ela é muito conhecida na cidade. Dizem que é maluca, mas inofensiva. Vive de catar conchas e fazer artes, e isso antes de o artesanato ser moda.

— O senhor sabe onde ela mora? — Solero indaga, ansioso.

Infelizmente, o homem não pode ajudar sobre isso.

— Só sei que não deve ser longe. Pode ser pelos morros, ou quem sabe lá para os lados do orquidário. Ela vive por aí, em torno da Divisa.

O professor volta para Itararé, o passo cansado. Há muitas ruas na região em que Santos e São Vicente se misturam. Pode percorrê-las uma a uma em busca de dona Oliena, porém levará dias! Está prestes a desanimar, quando, de repente, lembra-se de algo.

— Ora, não estou mais sozinho. Agora somos três nessa busca!

E apressa o passo, pois o vento que começa a soprar promete uma manhã fria. Já antecipando a etapa seguinte de sua investigação, não se dá conta de que, àquela época do ano, não deveria ventar tanto. Nem de que algo sobrenatural está em ação ali, trazendo maus agouros.

• • •

CAPÍTULO V

Na parede, de frente para ele, havia algo que não parecia pertencer àquele lugar, como se alguém tivesse acabado de colocar aquilo ali, para tirar do caminho. Era um espelho magnífico, tão alto quanto o teto, com uma moldura dourada e ornamentada, sobre dois pés em forma de garra. Havia uma inscrição entalhada no alto: *Erised stra ehru oyt ube cafru oyr on wohsi.*

J. K. ROWLING
Harry Potter and the Philosopher's Stone
(Harry Potter e a Pedra Filosofal; tradução nossa)

SÃO VICENTE, SÉCULO XXI

Ela atravessa a rua com o passo decidido. Sua presença na cidade sempre traz consigo o frio, o vento, a desolação. Os vizinhos olham para o outro lado e a ignoram.

Nem os corretores a abordam agora: no decorrer dos anos, todas as imobiliárias da cidade desistiram de comprar sua velha casa, pois cada vez que um corretor ia até lá, voltava com problemas estranhos. Mesmo quem não acredita nessas coisas de magia prefere sair de perto; melhor não arriscar ser atingido pelas pragas e maus- -olhados da feiticeira do bairro...

A mulher entra na casinha, joga a bolsa sobre a mesa e desaba em uma cadeira. Está exausta e ali dentro não precisa se fingir de forte. Instigar medo nas pessoas é cansativo demais.

Bernarda tem bem mais de cem anos, mas aparenta estar, no máximo, passando dos cinquenta. É uma mulher bonita, tem propriedades e dinheiro que herdou do falecido marido; poderia viajar, ir a festas, aproveitar a vida. No entanto, não consegue.

Volta e meia, larga tudo e toma o rumo de casa, como fez naquela quinta-feira.

"O que me prende a esta praia? A este casebre?", pergunta-se, a respiração ofegante exigindo que descanse mais antes de se levantar para explorar os cômodos. Faz alguns dias que se sente mal e que seus sonhos a movem na direção da velha moradia da avó. Teve uma visão com vários espelhos, ouviu vozes que não ouvia há muito, muito tempo. Algo está errado e ela não entende o que é.

Depois de meia hora, levanta-se e anda pelo chão de tábuas, que não mudou muito desde 1915. Acende todas as luzes, utiliza os sentidos sobrenaturais para vasculhar o ambiente. Não sente nada estranho: ninguém entrou ali nas últimas décadas, a não ser ela mesma.

— Na verdade, ninguém entra aqui desde que a madrinha morreu — murmura, intrigada.

Quando, há quase um século, se conformou com o fracasso de jamais conseguir trazer Lorenzo de volta da morte, ela se casou com o primeiro rapaz de posses que enfeitiçou. A família dele não gostou nem um pouco, mas o casamento aconteceu mesmo assim. Ter um marido possibilitou-lhe assumir a casa como sua e libertar a velha que havia cuidado dela e da irmã. Pois assim que decidiu que não precisava mais da madrinha, a pobre idosa desistiu da vida e finou-se.

No entanto, Bernarda nunca vendeu o imóvel. Ali estão fincadas as raízes de sua vida, de sua magia. Ela não consegue ficar distante da casinha decadente mais que algumas semanas.

Uma nova sensação de fraqueza a atinge, e a feiticeira precisa se apoiar na parede.

"O que está acontecendo?", quer saber, irritada.

A sucessão de imagens que viu em sonhos volta à sua mente. Espelhos: grandes, pequenos, brilhantes, opacos, altos, baixos, rachados, molduras simples ou trabalhadas com joias e entalhes.

Olha para o baú, ainda no mesmo canto. Vai até ele, abre-o com uma palavra de magia.

Lá dentro, também, tudo continua como sempre esteve. Os cadernos de encantamentos da avó, frascos de ervas fechados, um punhal manchado de vermelho-escuro. E os documentos que ela prefere guardar ali, em vez de usar um cofre de banco. Apesar da preocupação com os sonhos, o baú a faz sorrir, lembrar a própria esperteza. Palavras mágicas são mais seguras que senhas de banco...

Confere a escritura da casa e as certidões de óbitos da avó, da madrinha, de Arminda e de si mesma. Décadas atrás, registrou a própria morte. E o nascimento de uma filha inexistente para ser sua nova identidade e herdar o patrimônio. Na verdade, nunca deu filhos ao marido, que morreu jovem; porém teve o cuidado de providenciar documentos para suas *próximas personas*... Naquele baú também guarda os novos papéis, que lhe serão úteis quando tiver de assumir outro nome.

"Talvez já esteja na hora de obter mais anos de vida", reflete.

Afinal, é possível que o enfraquecimento que sente nesses dias seja apenas o resultado de uma vida secular, desgastada pelo uso da magia. Ou então...

— Não, isso não. Arminda não tem como voltar! — exclama.

Depois de mais de cem anos, a gêmea já não pode existir como indivíduo. Deve estar esquecida no fundo do mar, sua alma partida entre os pedaços de espelho.

— O espelho!

Com uma nova ideia, vai para o corredor.

Lá está o espaço que já foi ocupado pela moldura oval. Ela observa a mancha na parede: continua inalterada, apesar do tempo passado. Passa a mão pela nódoa e vê que aquilo brilha. Fracamente, mas brilha. Pode-se até ver a imagem de um rosto esfumaçado na forma ovalada... Afasta-se, assombrada. Algo mágico está em ação, e nenhum encantamento seu provocou aquilo.

Será por isso que os sonhos com reflexos começaram a assombrá-la agora?

O brilho não deveria estar ali. Certo, o antigo espelho tinha seus encantamentos e era ligado à imagem de Arminda. Mas foi partido, arremessado ao mar! Como poderia ainda projetar uma imagem no local de onde ela mesma o arrancou?

Bernarda busca um dos cadernos da avó, torna a sentar-se, folheia-o. Lê por um tempo, tentando encontrar explicações. Já é noite fechada quando ela suspira, mais calma.

— Um eco — diz, fechando o caderno. — A marca é um eco do espelho, evocado pela alma de minha irmã. Mesmo partida, exilada, congelada no tempo e no espaço, ela ainda tem força. Maldita!

Procura, na bolsa que largou ao chegar, um bloco de anotações que tem a capa de couro trabalhado. Com uma caneta de ouro, copia nele algumas das garatujas do caderno centenário. Palavras de poder, uma lista de objetos. Há muitas sugestões, registradas pela avó, que podem ajudá-la. Suspira ao terminar. Para obter respostas àquele enigma precisará de um feitiço mais ousado. Sabe que alguns itens serão difíceis de obter, mas tem confiança de que conseguirá.

— Não há a menor possibilidade de Arminda voltar — murmura. — Até seria agradável fazê--la sofrer mais um pouco... Mas é impossível. Bem, amanhã eu volto.

Fecha o baú e apaga as luzes. Pega a bolsa e sai na rua escura, sentindo-se melhor. O vento gelado a segue e a reconforta. Ecos do passado não atrapalharão seus planos de viver para sempre.

❖

Como faz todas as sextas-feiras à tarde, Alena está comendo cereal com leite no sofá. Assiste a um filme na tevê, em comemoração à chegada do fim de semana, quando a mãe a interpela:

— Onde está sua irmã?

A garota faz uma careta e mexe os ombros para dizer que não sabe.

A mãe pressiona:

— Essa briga de vocês já passou dos limites. Alexa não voltou do colégio ainda! Mesmo se almoçou na cantina do colégio, já deveria estar em casa. E o celular dela só dá caixa postal.

Engolindo a última colherada de cereal, Alena acaba respondendo.

— Vi a Lexa no colégio de manhã, depois não sei para onde ela foi. Deve ter ido encontrar o namoradinho... — e solta um riso malicioso.

A mãe se apavora. Desde quando a filha está namorando?

Pega o controle remoto, desliga a tevê e tira a tigela de cereal do sofá.

— Que história é essa de namorado?

Com um bufo, a irmã mais nova conta o que sabe. E o que imagina. Tem apenas um nome: Adriano. E a desconfiança de que a irmã tem se encontrado frequentemente com ele, como no domingo em que se safou de ir ao aniversário da prima.

Digerindo as informações, a mãe sabe que a maior parte pode ser invenção de Alena. Mas o tempo passa, Alexa não volta para casa e ela fica a cada minuto mais preocupada.

Onde estará sua filha mais velha?

Gustavo não sabe o que pensar. Conhece Nise há anos e admite que teve uma forte atração por ela quando a conheceu. Porém, na época ele era casado; foi bem antes de se divorciar da esposa.

Observa a amiga, que escolhe a sobremesa no cardápio do restaurante após o almoço que partilharam. Não sabe o que pensar de tudo o que ela lhe contou... Por um lado, jamais acreditaria em magia e espelhos mágicos. Por outro, tem consciência da seriedade e do profissionalismo de Nise. Se ela diz que viu a imagem da menina no espelho quebrado, como duvidar?

A garçonete sai e a psicóloga volta os olhos para o amigo. Sente-se bem após confessar tudo a ele. Mencionou até seus próprios conflitos de identidade, dúvidas em sua atuação como terapeuta.

— Será que estou incentivando as fantasias dos meus pacientes, Gustavo? E, apesar de tudo, só consigo pensar que vi e ouvi a garota. Aquilo foi *real*...

Ele ainda está pensando no que retrucar quando o celular dela toca.

— Alô... Luara? — ela atende, e ele sabe que é a mãe de um dos adolescentes em questão.

Pelo que Gustavo entende da conversa, a amiga de Nise está preocupada, porque seu tímido filho, de repente, está saindo com uma garota. Cancelou o almoço com a mãe naquela sexta-feira, dizendo que iria encontrar-se com "uma amiga". A doutora trata de tranquilizar a interlocutora.

— Desculpe-me — diz ela, após encerrar o telefonema. — Como eu estava dizendo...

Não diz, pois o celular toca de novo. Ele lhe assegura que não se importa que atenda. E, pela conversa, logo percebe que agora é a mãe da *outra* paciente: a garota!

— Não se preocupe, Alexa está bem — mais uma vez ela acalma a pessoa com quem fala. — Sua filha é distraída, deve ter desligado o celular durante a aula e esqueceu de ligar... Sim, eu sei que anda se encontrando com um rapaz. Eu o conheço. E isso é normal na idade dela.

Afinal, a mulher desliga o aparelho.

— Você sabe o que isso quer dizer? — ela pergunta a Gustavo.

— Que as famílias dos seus pacientes podem contar com sua ajuda a qualquer hora?

Nise sorri para ele. Sempre gostou de seu ex-colega; teve até uma paixão secreta por ele, que era casado, na época... Suspira, antes de responder.

— Isso quer dizer que eles estão juntos. Provavelmente, o outro senhor também. E não me avisaram, apesar de terem prometido que me chamariam quando se encontrassem outra vez!

— Ora, ligue para eles.

— Adriano não tem celular — ela desanima —, e a mãe de Alexa diz que o da filha está desligado. Quanto ao professor Solero, só me deu o telefone de casa.

Os olhos de Gustavo se arregalam.

— Solero? Você disse *Solero*?!

— Sim, esse é o nome do professor aposentado. Por quê?

O olhar do outro agora é bem peculiar.

— Porque eu o conheço. Somos amigos, sempre vamos ao estádio juntos. Então, ele encontrou um pedaço do espelho? Estranho. Solero sempre foi cético, nunca acreditou em nada sobrenatural...

Ansiosa, ela toma a mão dele.

— Você sabe se o professor tem celular? Pode ser uma forma de localizarmos os três agora.

Gustavo franze a testa.

— Sei que tem, mas ele o usa pouco. Espere, vou falar com a secretária da faculdade, ela pode olhar minha agenda e me passar o número.

Ela aguarda enquanto ele aciona o próprio aparelho. Por algum motivo que não consegue definir, começa a ser presa da ansiedade. Quer encontrar seus pacientes ainda naquela tarde.

Os três estão sentados numa lanchonete na Divisa. O encontro está sendo proveitoso, apesar de o ex--professor se sentir um tanto culpado por não ter avisado a doutora, como prometera. É que os dois adolescentes não quiseram chamá-la.

— A Nise ia passar outro sermão na gente — alega Adriano.

— Vamos fazer o que combinamos, depois a gente conta tudo para ela — sugere Alexa.

Ambos se encaminharam para o local marcado após as aulas. Agora, a reunião já dura uma hora. Adriano abriu a conversa, contando sobre as leituras que fez.

— Tem histórias de espelhos encantados desde os tempos antigos — conclui. — Tudo bem que é ficção, mas toda ficção não tem um pé na realidade? A crença de que espelhos têm poder está em tudo que é canto. Podem ser atravessados, abrir portais para outras dimensões, armazenar magia.

Solero concorda com a cabeça.

— Faz sentido. E você, Alexa, descobriu alguma coisa interessante?

— Várias informações sobre a Pedra da Feiticeira — assegura a garota. — Na maioria, a lenda diz que uma velha fazia suas magias lá. Achei referências a um marinheiro que ela amava e que morreu no mar. A bruxa acendia fogueiras para atrair o barco dele de volta. Mas não conseguiu.

Os três concordam que aquela pedra está no centro do mistério.

Então, é a vez de Solero falar.

— Marquei este encontro aqui, na Divisa, porque estou na pista da mulher misteriosa que pode ser a pessoa que fez seu móbile de espelhos, Alexa. Acredito que ela more aqui perto.

E narra suas aventuras em busca de dona Oliena.

— Será que *ela* é a bruxa que fazia feitiços perto da pedra? — indaga Adriano.

— Pode ser — o professor comenta. — É uma mulher estranha, diz coisas malucas.

— Temos tempo para procurar, ainda é cedo — a garota liga o celular para ver as horas e dá com meia dúzia de ligações não atendidas. — Ops! Melhor eu telefonar para a minha mãe.

E afasta-se, pensando em uma desculpa adequada para não preocupar os pais naquela tarde.

Adriano tenta lembrar-se das vias que circundam aquela região.

— Tem muita loja que vende artesanato em Santos. Aposto que em alguma delas a gente acha mais pistas! Podemos nos dividir.

Quando Alexa acaba de sossegar a mãe, o professor já traçou um plano. Cada um percorrerá alguns quarteirões e se encontrarão em meia hora no calçadão da praia.

Separam-se, começando a percorrer as ruas que dividem São Vicente e Santos.

— Obrigado, já anotei — Gustavo diz à secretária, antes de desligar o celular.

Passa para Nise o número rabiscado num guardanapo.

A psicóloga saboreia a última colherada da sobremesa e pega o papel.

— Obrigada, Gustavo. Vou adicionar aos meus contatos agora mesmo!

O amigo a observa. Agora que sabe que seu ex--colega, Solero, está envolvido na história, não vai deixar Nise sozinha na encrenca. Está curioso para saber aonde aquilo a levará.

— E então, não vai ligar para ele? — insiste.

Ela aciona a discagem automática, satisfeita por tê--lo ao seu lado.

Solero e Adriano já estão sentados num banco dos jardins do José Menino, um tanto desanimados por não terem descoberto nada, quando Alexa aparece.

Vem correndo da esquina.

— Desculpem pela demora — diz ela, ofegante. — Acho que descobri! Venham.

Eles a seguem para a travessia de pedestres e ela conta que, quando estava quase desistindo, parou numa banca de jornais que também vende brinquedos e artesanato. O dono da banca nunca ouviu o nome "Oliena", mas obtém objetos feitos de conchas numa lojinha da rua de cima.

— Ele disse que não conhece a pessoa — a garota explica —, mas ouviu dizer que a mulher meio maluca que faz artesanato mora nos fundos da tal loja. Pode ser ela!

Os três seguem para a rua em questão. De qualquer forma, se estiverem enganados perderão apenas alguns minutos.

A lojinha é uma espécie de brechó. Vende roupas usadas e lembranças turísticas, amontoadas em uma prateleira precária. Há vários móbiles. O ex-professor toma a dianteira e fala com uma moça sonolenta que parece cochilar atrás de um balcão também atulhado de cacarecos.

— Por favor, estamos procurando a dona Oliena.

A moça boceja e nem se digna a dizer nada; apenas indica um portãozinho de madeira ao lado da loja. Adriano o empurra e Alexa envereda pela passagem.

— Melhor eu ir na frente — pede Solero. — Se for aqui, ela já me conhece.

Após um corredor de alguns metros dão com o pequeno pátio da casa enfiada num matagal. Confina com o quintal cheio de árvores de uma moradia na rua de trás.

O professor bate palmas, pois não há campainha.

Por um tempo, nada acontece. Então, os adolescentes veem a cortina numa janela ser puxada. Um rosto os observa, do lado de lá do vidro. Adriano dá um passo adiante e pergunta:

— A senhora é a dona Oliena?

Um som vindo de seu bolso faz Solero recuar. Alguém está ligando para seu celular, e ele atende, atônito. Pouquíssima gente tem aquele número.

— Doutora Nise?... Como conseguiu... Espere, o sinal está fraco.

Ele recua alguns passos e ouve melhor a voz da psicóloga. Não repara que, atrás de arbustos fechados, a porta da casinha está se abrindo. Nem que seus jovens amigos estão indo para lá.

— Desculpe, nós íamos contatar a senhora. Estamos em Santos, no José Menino. Acho que encontramos a artesã que fez o espelho da Alexa... Claro, se a senhora quiser vir, anote o endereço.

Ele não entende por que Nise está tão aflita para encontrá-los, mas não vê mal nenhum em deixar que venha. Após ouvi-la dizer que estará ali em pouco tempo, desliga o celular e guarda-o no bolso. Somente então retorna para o quintalzinho.

E para, desorientado. Onde estão os dois?

Contorna os arbustos e vê a porta aberta da casinha. Ouve vozes, o que indica que Adriano e Alexa foram recebidos pela dona da casa. E, ao se preparar para segui-los, sente um arrepio percorrer seu corpo. O lugar é sinistro demais para seu gosto. Queria não precisar entrar ali.

• • •

CAPÍTULO VI

O espelho de prata curiosamente cinzelada que lord Henry lhe dera, havia tantos anos, estava na mesa, e os pálidos cupidos em sua moldura riam dele como antigamente. Pegou-o como fizera naquela horrível noite em que notara, pela primeira vez, a mudança no funesto retrato e, com olhos selvagens e embaçados por lágrimas, fitou sua face polida.

OSCAR WILDE
The Picture of Dorian Gray (O retrato de Dorian Gray; tradução nossa)

SÃO VICENTE, SÉCULO XXI

Ela está de volta à casa. Gosta das sextas-feiras: seus encantamentos sempre funcionam bem nesse dia da semana. E, após dormir por uma manhã inteira, está pronta para combater a fraqueza que ainda a abala. Já sabe que providências tomar.

Diz mais uma vez a palavra de magia que abre o baú. Pega um dos cadernos da avó e volta a uma das páginas que consultou no dia anterior.

— Sim, tem de ser isso. Se há um eco do espelho oval na casa e foi despertado pela alma de Arminda, preciso conjurá-lo. Isso quer dizer que vou precisar de quatro objetos que foram dela para reunir os ecos das quatro partes em que eu o quebrei.

Ela passa por todos os quartos da casa. Lembra que tentou livrar-se de tudo que foi de sua gêmea, de tanto ódio que sentiu na época em que foi obrigada a desistir de Lorenzo. Mesmo assim, algo deve ter ficado...

A lamparina de querosene guardada na prateleira da sala é o primeiro objeto: foi muito usada pela garota. No quarto que foi de ambas, encontra um terço, caído atrás da cama de pinho-de-riga. Aquilo a faz rir, pensando que as rezas de Arminda não a ajudaram a se salvar... Vai fuçar na cozinha e acha, numa gaveta, uma grande colher de prata cinzelada que lá ficou esquecida, solitária.

"Nunca aprendi a cozinhar, portanto isto deve ter sido usado pela querida irmãzinha."

Por fim, lembra-se de mexer no roupeiro do quarto que pertenceu à avó, depois à madrinha. Como se recordava, ainda há algumas velhas colchas na prateleira superior. Aciona a intuição e seu olfato se apura para farejá-las. Duas estão puídas e podem ser jogadas no lixo, mas há um xale entre elas, quase intacto, e que exala um leve aroma.

"Sim, é dela, sinto o perfume de que aquela tonta gostava", pensa, com repugnância.

Leva a lamparina, o terço, a colher e o xale para o corredor estreito e vazio. Dispõe os quatro objetos no chão e concentra todas as suas energias neles.

Um leve brilho começa a emanar dos ex-pertences de Arminda.

Bernarda passa a mão sobre a nódoa na parede e vê que o eco do espelho começa a se mostrar ali outra vez. Então, pronuncia as palavras encontradas no caderno da avó.

A luminosidade se espalha. A feiticeira sente de novo a fraqueza estranha, revê os espelhos que apareceram em seus sonhos... Mas combate aquilo com as forças que a magia amplia.

E, afinal, o encantamento se completa!

Bernarda vê nitidamente na parede a imagem do oval espelhado. Embora não esteja completo, pois apenas três das partes quebradas estão visíveis, ela distingue manchas de sangue. E um rosto em cada seção: um homem idoso, um rapaz e uma menina.

— É isso, então — murmura, com ódio na voz. — Três intrusos encontraram pedaços daquele espelho. Provavelmente, deixaram seu sangue alimentar a passagem para o *lado de lá*... Ah, eles vão pagar por isso. Ninguém tem o direito de se intrometer nos meus encantamentos!

A ira amplia suas forças. Não tem as virtudes da irmã, mas possui conhecimentos de magia suficientes para investigar ao menos um dos rostos que vê diante de si. Concentra-se na garota...

— Alexa — diz, em voz alta. — O nome dela é Alexa.

Faz um gesto e toda a luz que se espalhava pelo corredor desaparece. Nada mais anima os objetos da irmã, e até a mancha ovalada some.

Bernarda se escora na parede do outro lado. Precisa respirar fundo por alguns minutos. O esforço a esgotou. Mas não se importa... Agora tem certeza do que vai fazer.

Segue de volta ao baú, que deixou aberto. Mexe numa das pastas com documentos.

"Sim, está mesmo na hora de ter uma nova identidade. Para isso, preciso de juventude. De mais anos de vida. E sei exatamente de quem posso absorver umas sete ou oito décadas..."

Com uma das mãos, pega o punhal que há cem anos guardou ali. Com a outra, acaricia as manchas vermelho-escuras que o tisnam. Suas últimas reservas de magia se manifestam e, no mesmo instante, a parte do punhal que não está ensanguentada brilha com intensidade.

Agora Bernarda tem, diante de si, uma lâmina que faz o papel de um espelho!

Primeiro vê o próprio rosto: a mulher de cem anos que aparenta apenas cinquenta. Depois, vê o rosto esmaecido da irmã gêmea, ainda jovem, porém transparente, fantasmagórica. Por fim, vê a sucessão dos três rostos que ligaram seu sangue ao espelho que aprisiona Arminda.

O velho.

O rapaz.

E a moça.

"Alexa", repete mentalmente, com um sorriso. "Você vai servir. E eu sei como atraí-la..."

❖

A garota não sabe direito em que momento começou a passar mal.

Não foi ao entrar na saleta escura, apesar do cheiro intenso de peixe que ela e Adriano sentiram: em todos os cantos do cômodo há potes e caixas lotadas de conchas, caramujos, estrelas-do-mar, fragmentos de coisas que parecem salvas de naufrágios.

Não foi quando a dona da casa se aproximou e, fitando-os com olhos muito claros, começou a interrogá-los, querendo saber seus nomes, onde moravam, quantos anos tinham.

Não foi no momento em que o professor entrou, esbaforido, e foi falar com a mulher. Ela demonstrou conhecê-lo e os dois iniciaram uma conversa maluca, que nenhum dos jovens decifrou.

"Acho que já sei", ela recorda afinal.

A tontura começou depois que Adriano tirou da mochila seu pedaço de espelho, e que Solero pescou, no bolso, o seu. Alexa se sentiu impelida a pegar o espelhinho que fizera parte do móbile e que ela acondicionara dentro da bolsa. Assim que as três partes se uniram, sobre uma mesinha milagrosamente vazia, a velha senhora parou de falar. Espantada, a boca aberta, tirou da testa os fios de cabelo branco que atrapalhavam sua visão e cravou no espelho partido os olhos claros.

Foi bem naquela hora que Alexa sentiu a estranha tontura nublar sua mente, a fraqueza súbita tomar seus membros.

E ela agora ouve fracamente a voz dos outros três e os enxerga através de uma espécie de neblina, como se visse um filme na tevê, como se fosse espectadora de um sonho.

— O que vocês querem de mim? — pergunta a mulher.

— Acreditamos que a senhora usou este pedaço de espelho num móbile, dona Oliena. Estamos certos? — indaga o professor.

Ela toca a parte superior, em que ainda se vê o furinho, e responde com voz baixa:

— O mar me traz as dádivas. Eu aceito. Eu faço as minhas artes.

Agora é Adriano quem fala, ansioso:

— E a senhora não lembra se achou mais pedaços de espelho na praia? Queremos encontrar a parte que falta. Para completar a forma oval.

Os olhos da mulher parecem que vão saltar do seu rosto. Ela dá um passo para trás.

— E se eu achei? Foi presente do mar. Não fiz nada de errado.

— Claro que não, dona Oliena — Solero sorri para ela. — A senhora é uma artesã. Mas nós ficaríamos muito agradecidos se encontrasse, para nós, o pedaço que falta.

Agora Alexa tem náuseas. O cheiro de maresia aumenta e seus ouvidos zumbem. Os amigos, envolvidos na conversa com a velha, nada percebem. A menina se apoia na mesinha para se firmar.

Uma risadinha da dona da casa traz um tom prosaico àquela conversa esquisita. E somente então Adriano olha para a amiga e percebe que ela não está bem.

— O que foi, Lexa?

A garota respira fundo e sustenta o olhar dele.

— Nada, só uma tontura.

Ele vai até ela, preocupado. E ambos ouvem a pergunta da velha senhora:

— O que vocês me dariam em troca, se eu tivesse o espelho?

Solero pega a carteira no bolso, mas ela recua.

— Não quero dinheiro! Estou falando em troca. Uma dádiva vale outra dádiva. Quero alguma coisa que seja preciosa a cada um de vocês. O que vocês têm para dar?

Gustavo mal pode acreditar que encontra uma vaga para estacionar na ruazinha íngreme que a psicóloga indicou. Insistiu em ir com Nise; e ela, reconfortada pela presença dele, não recusou.

Desce do carro, ansiosa, e logo divisa o número que Solero lhe passou. Há uma lojinha de badulaques e um portão aberto ao lado.

— É ali — diz ao amigo.

Sem saber exatamente por que está agindo como se aquela situação bizarra fosse uma questão de vida ou morte, nem espera que ele tranque o carro. Vai entrando corredor adiante.

Ele aciona a trava e franze a testa, intrigado. A impulsividade nunca fez parte da profissional tranquila que Gustavo conhece há anos. Mas tem de admitir para si mesmo que essa nova Nise o atrai muito.

"Vamos lá", diz a si mesmo ao segui-la pelo portãozinho. É a primeira vez, desde o divórcio, que se sente realmente ligado a uma mulher.

❖

Os três, agora, se entreolham. Não pensaram naquela possibilidade. Oliena espera que eles lhe façam ofertas, fitando-os com um ar de expectativa infantil.

— Este pedaço eu achei na Divisa — diz, ao tocar um dos fragmentos do espelho partido. — A outra parte foi perto da Pedra do Mato. Não sabia que eram irmãs, nem que tinham mais manas perdidas no mar. Mas ele sabe o que faz... ele alimenta, ele afoga, ele mata e ele salva.

— Ele quem? — pergunta Dri, confuso.

— Ora, o mar. Ele leva, ele traz. De tudo. Do fundo. Do outro lado do mundo.

E, com o sorriso mais aberto, repete a pergunta:

— O que vocês me dariam em troca do outro pedaço?

Solero vasculha a carteira, mas a única coisa que há lá, além do dinheiro, é uma medalhinha.

— Tenho isto... Minha falecida esposa ganhou numa festa da igreja e me deu. É bobagem, claro, acreditar que uma medalha de santo tenha algum poder. Se a senhora...

Oliena o interrompe, entusiasmada, e acolhe o pingente dourado na palma da mão.

— É São Pedro! Protetor dos pescadores. Tem força, tem, sim.

Adriano, por sua vez, abre a mochila e encontra as apostilas do colégio, um caderno, a camiseta de educação física e os óculos, que não usou o dia inteiro, apesar da recomendação diária de Luara. Então, vê algo brilhar lá no fundo.

— Bom, eu tenho esta correntinha que minha mãe me deu pra pendurar os óculos no pescoço... nunca usei.

— Ah! — ela exclama, pegando a pequena corrente e erguendo-a contra a luz que entra pela porta aberta. — Combina perfeitamente com a medalha do pescador. Muito cheia de força... tem amor da sua mãe grudado nela, você não percebe?

O garoto olha para o professor, que faz um gesto como quem diz que a mulher é doida. Se ela aceitar objetos sem valor, melhor para eles.

Agora a catadora de conchas encara a menina, que sente de novo a tontura envolvê-la.

— E você, moça bonita? O que tem para me dar?

— Eu... — Alexa gagueja, apavorada. — Não sei. Só trouxe na bolsa o celular, a carteirinha da escola, a lapiseira, meu caderno. Não tenho nada de valor sentimental para trocar.

O sorriso de Oliena se torna uma estranha careta quando ela chega perto da garota e espalha ao redor dela o cheiro de maresia que faz parte de sua casa.

Dri ampara a amiga, sem entender bem o que se passa. E ouve o que diz a estranha artesã.

— Não é verdade. Você tem uma dádiva preciosa para me oferecer, tem, sim...

Essa é a última coisa que Alexa ouve antes de desmaiar nos braços de Adriano.

❖

A voz de Nise ecoa, aguda, na salinha escura.

— O que está acontecendo? Alexa!

Ela corre para a menina, que está sendo acudida muito desajeitadamente pelos outros.

— Não sei o que deu nela, ficou assim de repente...

Gustavo toma a garota no colo, enquanto a psicóloga passa a mão por seu rosto.

— Fale comigo!

A garota abre os olhos vagarosamente e tenta voltar para o chão. Solero suspira de alívio e Dri toma suas mãos.

— Lexa, você está melhor? — ele se volta para a doutora. — O que será que deu nela?

Antes que Nise responda, a dona da casa aparece com um copo de água.

— É o calor. Tome isto, menina.

Ela recua, com medo da velha, não querendo beber nada que ela lhe dê. Solero é quem pega o copo e se aproxima dela.

— É água de um filtro de barro, pode tomar sem medo, filha.

Ainda desconfiada, ela pega o copo e bebe o líquido cristalino, somente então percebendo que está morta de sede. A proximidade de Nise e do moço que veio com ela lhe dão segurança. Vê que Solero vai falar com o recém-
-chegado num canto. Parecem velhos conhecidos.

— O que aconteceu, Adriano? — Nise pergunta.

E ele conta tudo o que ocorreu até que ela chegasse. Enquanto o garoto fala, a psicóloga faz Alexa se sentar num banquinho que a dona da casa tirou, também, do nada. Ela protesta.

— Estou bem, aqui dentro faz mesmo muito calor.

E, no silêncio que se faz após a fala da garota, dona Oliena assume de novo o ar infantil.

— Vocês querem ou não querem o outro espelho? — pergunta. — Ainda não sei o que a menina vai me dar em troca.

E surpreende a todos pegando, em uma das prateleiras cheias de conchas, um pedaço de vidro espelhado. Ninguém tem dúvidas de que seja a parte que falta.

É Nise quem responde.

— Sim, senhora, nós queremos. Posso fazer uma oferta? Tenho outro espelho aqui que ganhei de uma amiga. É importado.

Ela pesca algo na bolsa que traz ao ombro. Um espelhinho de moldura dourada e decorada com pedras coloridas, bijuteria *made in China* que usa para retocar o batom. A velha senhora parece encantada e entrega o fragmento à doutora.

— Sim! É uma bela dádiva! Eu quero, quero, sim...

Ela pega o objeto com cuidado, balança diante dele a correntinha dos óculos de Adriano, em que prendeu a medalha de São Pedro. Sai da sala, feliz como uma criança que ganhou um doce.

Nise não sabe bem o que fazer com o espelho que recebeu. Solero, que estivera relatando a Gustavo as mesmas coisas que Dri contou à psicóloga, mostra-lhe a mesinha no centro da sala.

— Vai encaixar com perfeição — ele murmura, enquanto ela reúne a peça às outras.

Os cinco formam uma roda ali em torno, de olho no objeto.

No entanto, nada aparece. Nem imagens, nem rostos, nem vozes. Na mesa, há somente quatro pedaços inanimados de um espelho que tem mais de cem anos.

Gustavo olha-os, um por um. Para ele, a loucura já está passando dos limites.

— Meus amigos, não há nada de sobrenatural aqui. Vocês foram vítimas de uma ilusão, uma alucinação, uma...

É interrompido por Alexa, quase recuperada do desmaio.

— Foi o sangue — diz ela. — A magia de cada parte do espelho só apareceu quando um de nós se machucou. O quarto pedaço não foi ativado...

— Isso não faz sentido — o professor de psicologia retoma a palavra. — Esse tipo de coisa só acontece em histórias de fantasia! Você não pode acreditar que...

— Vamos tirar a prova — diz Nise, decidida.

Ela sabe, perfeitamente, que está fazendo papel de boba diante de um homem por quem sente grande atração. Mas não se importa. Para ajudar seus pacientes, fará qualquer coisa, até embarcar na ficção. Pega o pedaço de vidro que a velha catadora de conchas lhe deu e, com uma ponta afiada que encontra nele, faz um pequeno talho no antebraço esquerdo.

Algumas gotas de sangue escorrem e, subitamente, são sugadas pela superfície lisa. Nise começa a tremer, e Solero toma o fragmento de suas mãos. Alexa estava certa. Coloca-o junto aos outros e, agora sim, a magia é liberada.

Os quatro pedaços se unem num só, como se nunca tivessem sido separados!

Manchas vermelhas dançam por trás do espelho e, assim que somem, ali está ela.

Uma garota magra de cabelo negro, pele morena, olhos tristes. Ela sorri.

— Ah! Agora eu me lembro de tudo. O pesadelo passou... Vocês me encontraram, não foi? — fita cada um dos rostos que vê do outro lado, e diz, educada: — Muito prazer, meu nome é Arminda. E vocês, quem são?

...

CAPÍTULO VII

O *troll* estava de bom humor, pois havia criado um espelho que possuía a qualidade de tornar tudo que se refletisse nele, e que fosse bom e belo, em quase nada; no entanto, o que quer que fosse sem valor e feio, nele se destacava e crescia, tornando-se muito pior.

HANS CHRISTIAN ANDERSEN
The Snow Queen (A Rainha da Neve; tradução nossa)

SÃO VICENTE, SÉCULO XXI

Ela sente a mudança no instante em que tudo acontece. Sabe que, a alguma distância de onde se encontra, parte de sua magia se desfez. O mesmo cansaço dos outros dias a atinge, e um eco da voz que odeia ressoa-lhe na mente.

"O pesadelo passou..."

Bernarda geme. Tem consciência do que aquilo significa. Corre para pegar a adaga, o simulacro de espelho que lhe resta. Toca o sangue, ativando o encantamento, e olha-se.

No entanto, em vez de ver seu rosto atual, enxerga uma mulher enrugada, carregando no rosto o peso de quase cento e vinte anos.

— Não! — grita, revoltada.

Força a visão interior e vê, agora, a imagem oval completa. Como suspeitava, eles reconstruíram o espelho. Sua irmã gêmea agora deve saber quem é; recordará tudo e revelará o segredo aos estranhos. Há mais uma pessoa envolvida na história, alguém cujo sangue ajudou na ligação entre os dois mundos.

Tantas informações a atingem num único momento, drenando suas energias. Apesar disso, reage. Recupera-se da decepção.

— Não importa — murmura, desligando-se da magia do punhal, que volta a se tornar opaco. — Ainda possuo sua vida, Arminda. Você pode estar inteira, mas continua presa do outro lado.

Coloca a arma branca no bolso do agasalho e pega o caderninho em que fez anotações. Passa pelas páginas até dar com o nome que anotou recentemente.

"Alexa."

E sorri, antes de seguir pelo corredor até uma passagem nos fundos, escondida por trás de algumas vassouras e muitas teias de aranha. Como a porta sem trinco é da cor da parede, e está tão suja quanto ela, sua visão permanece oculta a quem não conhece a casa.

Sai em um quintalzinho que parece abandonado há décadas. Muros altos o cercam e o mato toma todos os cantos. Com exceção de uma porta de ferro ao fundo e do centro do terreno, coberto por terra árida, seca.

É para lá que Bernarda se dirige.

Com agilidade, usa a ponta do punhal para traçar um círculo na terra.

— Ah, minha irmã — resmunga. — Seu pesadelo não passou! Está prestes a se tornar bem pior.

Quando dona Oliena retorna à sala, trazendo uma jarra de limonada e uma pilha de copos descartáveis, os amigos reunidos em torno do espelho, que um atônito Gustavo segura, já ouviram toda a história de Arminda.

Nise não duvida mais de nada; Solero acaba de renegar toda uma vida de ceticismo; Alexa toca a moldura oval, esquecida de sua aversão a espelhos. E Adriano a observa, ainda preocupado: sua intuição lhe diz que a amiga corre perigo, precisa protegê-la. Começa a achar que algo mais o une à garota, além da situação atual. Talvez a mãe esteja certa em insinuar que está se apaixonando.

Agora, a atenção de todos se volta para a dona da casa. Ela não parece nem um pouco espantada com o que se deu ali, em sua sala com cheiro de maresia. Pousa o jarro na mesinha e encara a imagem de Arminda no espelho.

— Quanto tempo você ficou presa aí? — pergunta.

Envolvidos com a história do feitiço e da gêmea malvada, ninguém se lembrou de perguntar isso. E o rosto da menina volta a demonstrar confusão.

— Não sei... Eu me lembro bem daquela noite, mas depois tudo parece um sonho. Escuridão, medo, confusão. Uma semana? Um mês? Não tenho ideia. Só hoje eu tenho certeza de quem sou.

Lexa estremece e Dri faz o comentário inevitável.

— Você se lembra que ano era quando tudo aconteceu?

— Claro que me lembro — a garota ri. — Foi em março de 1915.

O silêncio que se faz demonstra a surpresa de todos. A menina foi aprisionada naquele pesadelo por mais de cem anos! Alexa estende a mão e toca o vidro frio que separa os dois mundos.

— Você sabe como sair daí? Não entendemos nada de magia, mas pode haver um jeito.

Arminda enxuga uma lágrima. Jamais esperou ser tratada com tanta bondade por estranhos.

— Apesar de ter herdado algumas virtudes encantadas, eu sempre morri de medo dos feitiços da minha avó. Bernarda é quem mexia no baú com os escritos dela... Só o que sei é que qualquer magia pode ser desfeita se as palavras do encantamento original forem ditas ao contrário.

Agora é Nise quem se aproxima.

— Será que, no baú que você mencionou, nós encontraríamos esse tal feitiço?

O cabelo negro esvoaça quando Arminda faz que sim com a cabeça.

— O baú pode nem existir mais, depois de um século — comenta Solero.

Os dois jovens têm a mesma ideia: voltam-se para Oliena, que se ocupa de servir o suco.

— A senhora, por acaso, não conheceu essa pessoa? — é a pergunta de Dri.

— Bernarda não é um nome lá muito comum — acrescenta Lexa.

A mulher começa a oferecer os copos cheios.

— Sim, é a velha bruxa. Anda sumida nos últimos tempos, mas era bem conhecida antigamente. Vivia na Praia do Itararé. Tem gente que acha que foi por causa dela que deram esse nome para a pedra: Feiticeira.

— Sabe onde fica sua casa? — insiste Nise.

A dona da casa parece achar a situação divertida; continua distribuindo a limonada com o ar infantil que a faz parecer maluca. Afinal, ela fala. E todos ouvem o outro lado da história, a lenda que apenas alguns velhos moradores da região conhecem:

— Sei que ficou vazia faz muito tempo. É a única que nunca foi vendida, porque a bruxa roga pragas nos corretores que tentam falar com ela... De vez em quando o povo diz que as luzes se acendem lá dentro, porque a dona vai visitar os fantasmas. É fácil de achar: uma casa velha espremida no meio dos prédios altos.

Nise anota o que ela diz, inclusive detalhes sobre o bairro e a rua. Aflita, levanta-se e vai convocar Gustavo para irem embora; e percebe a palidez de Alexa.

— O que você está sentindo? — indaga.

Adriano, ao lado, vê sua intuição se confirmar. Lexa parece pronta para desmaiar de novo.

— Não é nada — mente a garota. — Já vou melhorar.

Toma mais um gole da limonada que Oliena lhe deu, enquanto Solero pega o espelho e volta a face de Arminda para a adolescente.

— Nossa amiga não está bem. Você pode ajudá-la?

Os olhos da menina do passado se aproximam da superfície do vidro.

— Se eu estivesse aí, poderia — ela diz, baixinho.

— Deste lado, não domino as virtudes. No máximo, consigo ver sua aura... E vejo escuridão, fraqueza. Acho que minha irmã está sugando as energias dela. Tomem cuidado! Bernarda vai tentar atrair outra vítima. Ela tem poder para absorver a vida dela, como fez comigo.

Um ruído a interrompe. Alexa acaba de derrubar no chão o copo com limonada antes de perder os sentidos.

Gustavo, mais uma vez, é voto vencido. Quer ligar para os pais da garota e levá-la a um pronto-socorro, porém só Adriano aprova a ideia. A própria Alexa, que retoma a consciência em alguns segundos, recusa-se a cooperar.

— Já melhorei, só quero ir embora.

O espelho, embora inteiro, não parece mais mágico. A imagem de Arminda desapareceu e Nise o guarda na bolsa, envolvendo-o na echarpe fina que usava.

Solero toma as mãos da dona da casa, despedindo-se.

— Muito obrigado por ter nos recebido, dona Oliena. A senhora ajudou muito.

A catadora de conchas olha um por um, sorrindo do seu jeito esquisito; para diante de Alexa.

— Você precisa de proteção — diz. — Vou te emprestar uma coisa...

E tira do pescoço a correntinha que recebeu de Adriano, na qual prendeu a medalha dada por Solero. Coloca-a no pescoço da garota, que agora sente uma estranha paz ao ser tocada pela velha.

— Obrigada... — Alexa agradece, baixinho. — Assim que eu melhorar devolvo para a senhora.

Todos seguem rumo ao carro de Gustavo, onde acontece uma reunião improvisada. O amigo de Nise está pronto para levar cada um para casa, mas todos querem ir até a Boa Vista. Desejam ver a casa de que Arminda falou, quem sabe entrar lá e encontrar o famoso baú.

— Mas a Alexa não está bem... — é o último argumento de Gustavo.

— Ela espera no carro, descansando, enquanto a gente age — propõe Solero, com um sorrisinho. — Tenho um plano.

Com exceção do dono do carro, que já está dando a partida e quase voltando a acreditar em uma alucinação coletiva, os outros fitam o ex-professor, ansiosos para ouvi-lo.

❖

Ela sente a aproximação dos inimigos. A presença do espelho oval junto deles é óbvia para seus sentidos de feiticeira, apesar do cansaço que continua a tomar conta de seu corpo.

"Que venham", diz a si mesma. "Estarei pronta para recebê-los."

❖

Eles estacionam perto da esquina; veem quando a mulher sai da casa espremida entre dois prédios e se dirige à rua transversal. Lá, há um mercado, e ela parece apenas uma senhora de meia-idade pronta para fazer compras. Solero dá uma cotovelada em Gustavo e diz:

— É agora! Nem vamos precisar tocar a campainha, ela já está na rua. Venha!

Sai do carro e anda na direção da mulher. O outro o acompanha a contragosto; não está apreciando nem um pouco aquela brincadeira de agente secreto. Mas o amigo parece entusiasmado.

Assim que eles saem, Nise abraça Alexa e também deixa o carro, com Adriano.

— Não se preocupe, Lexa — diz ele à adolescente. — A gente volta logo.

A menina não responde, aborrecida por não fazer parte do plano. Adoraria ir com eles e tentar entrar na casa, enquanto os homens distraem a mulher.

Ela espicha o olhar para a esquina e os vê abordarem aquela que acreditam ser a irmã de Arminda. Por algum tempo, conversam acompanhando seu passo, viram a esquina. O plano de Solero é fingir que são corretores de imóveis interessados na casa, para distraí-la por algum tempo.

A menina olha para o outro lado. Aparentemente, Nise e Dri entraram na casa, pois não os vê. E, conforme os minutos passam, ela sente o tédio invadi-la.

Boceja, sonolenta. Nada naquela tarde está acontecendo como imaginou...

Entrar na casa é muito mais fácil do que Adriano pensava. Ele força o trinco da porta da frente, que se abre, mostrando que a fechadura antiga não resiste a um safanão. Olha para Nise, que agora parece tomada por escrúpulos.

— O que estamos fazendo é uma invasão... — ela murmura.

— E o que aquela bruxa fez é tentativa de assassinato — retruca ele, entrando.

A doutora o segue. E os dois veem exatamente o que Arminda descreveu. Chão de tábuas, poucos móveis rústicos, o corredor estreito que dá nos quartos. Tudo cheira a passado, a mofo e a ervas. Há objetos largados no chão do corredor e duas cadeiras empurradas num canto da sala.

— Ali! — exclama a psicóloga, vendo um baú de madeira junto à parede.

Correm para lá. Não é muito pesado, e Dri o ergue sem grande esforço.

— Tem de ser este. Vamos embora?

Nise suspira de alívio quando saem da casa. Apressa-se para o carro de Gustavo, estacionado no mesmo lugar. O garoto a segue lentamente: o baú agora parece pesar mais.

Contudo, quando chegam lá e ela abre a porta traseira para que ele coloque o objeto, Nise estaca.

— Alexa... Para onde ela foi?

O medo invade seu espírito, pois o carro está vazio.

Meia hora se passou, desde que começaram a pôr o plano em ação. Nise, sentada no banco da frente do carro, está desesperada. Tenta ligar para o celular de Alexa, mas a garota deve tê-lo desligado de novo e não atende.

Adriano está sentado atrás com o baú e não consegue abri-lo. Agoniado, deixa para pensar naquilo mais tarde e vai percorrer a rua. Não encontra nem a garota, nem os professores; quer retornar à casa e é impedido pela psicóloga.

— Primeiro, temos de falar com nossos amigos...

A chegada deles os faz deixar o veículo. Estão ambos preocupados.

— Alexa sumiu! — Nise informa. — O que aconteceu com vocês?

Solero coça o cabelo branco. Gustavo explica:

— Abordamos aquela senhora, mencionamos a venda da casa, ela disse que estava interessada. Entramos com ela no mercado, e aí foi muito estranho.

— A mulher entrou no corredor das verduras. Fui lá atrás dela... e ela tinha sumido! — o ex-professor acrescenta. — Eu não me preocupei muito, porque o Gustavo ficou na entrada.

— E posso jurar que ela não saiu! — justifica-se o outro. — Simplesmente desapareceu no ar.

Vasculhamos o mercado, a rua, demos a volta no quarteirão. E nada.

Os quatro se olham, desanimados.

— E agora? — Dri se desespera. — Pegamos o baú e perdemos Alexa. O que podemos fazer?

A sugestão de Gustavo, de dar parte do desaparecimento na polícia, é descartada por Nise.

— E vamos dizer o quê? — retruca ela. — Que a menina pode ter sido raptada por uma bruxa, enquanto nós invadíamos sua casa para roubar um baú cheio de livros de feitiços?

O velho professor olha o objeto dentro do carro.

— O que há dentro dele?

O adolescente suspira.

— Não pude abrir. Nem tem fechadura para forçar... Acho que foi fechado com feitiçaria.

— Temos de voltar à casa, todos juntos — sugere a psicóloga.

É Solero quem tem a ideia mais sensata. E, incrivelmente, a mais mágica.

— Calma! Se há magia em ação, vamos consultar quem entende disso. Onde está o espelho?

Todos olham para Nise, que tem as mãos trêmulas ao pegar o objeto oval em sua bolsa. Ela passa a mão pela face fria e chama:

— Arminda, por favor... Precisamos de você.

O vento aumenta. Começa a garoar. Os quatro entram no carro e esperam por uma resposta.

"Eu peguei no sono?", é o primeiro pensamento consciente que Alexa tem ao abrir os olhos. "Que lugar é este?" é o segundo, que lhe ocorre quando o vento agita seu cabelo.

Não está mais no carro. Encontra-se sentada no chão em algum tipo de quintal.

Apoia as mãos no solo para erguer-se e sente a terra sob os dedos. Em pé, a tontura retorna e sua cabeça dói.

Nesse instante, então, percebe que não está sozinha.

O rosto da garota do espelho empalidece, o que faz o coração de Adriano saltar de medo.

— Consigo sentir minha irmã — diz Arminda. — Ela percebe minha presença e seu ódio desperta... E há também euforia em torno dela. Está animada, exatamente como da última vez que a vi.

— Isso quer dizer... — Solero começa.

— ... Que ela tem uma vítima: está com sua amiga — conclui Arminda, estremecendo. — Vai roubar a vida dela como roubou a minha!

Nise se segura em Gustavo e ele a olha com angústia, sem poder acreditar no que vê e ouve.

— Esta loucura já passou dos limites! — ele declara. — Vou chamar a polícia.

A menina atrás do vidro volta o olhar para ele.

— Isso não vai ajudar. Quando chegarem aqui, Alexa já estará presa em outro mundo, como eu. O que vocês precisam fazer é me libertar! Eu sei como lidar com Bernarda.

Solero mostra o objeto no banco de trás.

— Nós pegamos o baú que você descreveu.

— Ótimo. Procurem dentro dele um caderno antigo, de capa marrom.

Adriano diz, impaciente:

— Foi fechado com algum tipo de magia, não sei como destrancar.

— Eu sei — Arminda sorri. — Conheço a palavra de abrir que minha irmã usa.

Nise volta o espelho para o banco traseiro. E a garota murmura algo que soa ininteligível para todos. O objeto, contudo, entende: a tampa produz um som esquisito e se abre.

Solero e Gustavo observam Dri pescar o caderno que foi mencionado. Tem um leve aroma de ervas, de temperos.

— O encantamento que Bernarda usou deve estar numa das primeiras páginas — eles ouvem a voz da menina explicar. — Lembro que começava com as palavras *Transitum tangit*.

— Achei! — exclama Nise, pegando o caderno das mãos do adolescente. — Você disse que as palavras têm de ser ditas na ordem inversa?

— Isso. Mas talvez não funcione aqui...

A voz de Adriano a interrompe, começando a recitar o encantamento ao contrário:

Transitus speculum per ordinum meam virtutem.

Portat sanguinis femina a mundum alium tangit transitum...

Nada acontece e Nise encara o rosto no espelho.

— Você disse que não funcionaria aqui, por quê?

— Porque — a garota responde pausadamente — eu acredito que o contrafeitiço tem de acontecer no mesmo lugar em que foi dito o encantamento original.

E os quatro se entreolham, dizendo a um só tempo:

— A Pedra da Feiticeira!

A mulher que está diante de Alexa parece uma senhora distinta; porém não tem nos olhos um pingo de simpatia. Tem, isso sim, uma expressão triunfante e maldosa. Lembra-a de uma professora de educação física que adorava torturá-la com exercícios impossíveis para sua parca agilidade, enquanto as colegas de sala se divertiam com a humilhação.

A raiva dessa lembrança a faz fechar a cara e enfrentar a feiticeira.

— Que lugar é este? Como eu vim parar aqui? — exige saber.

— Minha casa, é claro — Bernarda exibe os dentes brancos num sorriso feroz. — Vocês entraram na sala, mas ignoraram o quintal. Eu a trouxe por uma entrada na rua lateral. Minha querida irmã nem deve se lembrar... ela tinha medo de entrar aqui. Você pode imaginar por quê!

De fato, Alexa percebe que daquele local emana uma aura maligna antiga. Sua sensibilidade recém-despertada percebe a magia na terra seca em que foi traçado um círculo. Está dentro dele.

Olha ao redor e vê a velha porta de ferro encravada no muro que cerca o terreno ínfimo. Vê a mata selvagem nos cantos e, no alto, paredes de edifícios que cercam o espaço. Neles, quase não há janelas. Seja o que for que sua anfitriã planeja fazer, não haverá testemunhas.

— O que você quer de mim? — desafia, tentando dar um passo para trás.

A moça para, como se tivesse batido as costas numa parede. Tateia à sua volta, percebendo as barreiras invisíveis que a aprisionam.

— Círculo mágico — sussurra, lembrando a história de Arminda sobre o outro círculo que a irmã traçou na areia do Itararé antes de mandá-la para o mundo estático do espelho.

Uma gargalhada é a resposta que recebe.

— Menina esperta! Sabe que não adianta tentar fugir. Os outros que se intrometeram na minha vida estão lá fora, procurando por você. Não vão encontrar... E minha irmã não pode fazer nada. Seus talentos foram anulados, enquanto os meus aumentaram em todos esses anos.

Alexa observa a mulher de alto a baixo. Por algum motivo, o medo que sente não é tão avassalador quanto a curiosidade de ver o que ocorrerá. Invade-a, também, a excitação de estar no meio de uma aventura como as dos livros. Tem uma feiticeira de verdade, bem ali, à sua frente!

— Você não respondeu, Bernarda — provoca Alexa, ousada. — O que quer de mim?

O sorriso da bruxa aumenta.

— Ora, ora. E eu que pensei ter nas mãos uma mosca-morta como Arminda... Então, no fundo, Alexa é atrevida. Quem diria! Uma garota gorda, desajeitada, que nunca teve namorado, que nem tem coragem de se olhar no espelho. E quer me enfrentar!

Ela ri mais uma vez. Lexa se encolhe, imaginando como ela sabe de tudo aquilo.

— É óbvio, menina — conta a feiticeira. — Quando fiz você entrar em transe e a trouxe para cá, aproveitei para vasculhar suas recordações. Sei de tudo sobre seus medos e traumas... Por isso, nada de se meter a corajosa. Vou dizer certas palavras que sei de cor, as mesmas que pronunciei há pouco mais de cem anos. E vou absorver a sua vida, garota, os seus anos futuros! Ninguém pode ajudá-la.

"Mentira", pensa a prisioneira do círculo. "Dri e os outros vão dar um jeito de me salvar. Tenho é de ganhar tempo... manter a bruxa falando até que eles me encontrem."

Encolhendo-se mais ainda, ela fala baixinho.

— Você não pode fazer o mesmo feitiço. Não tem mais o espelho mágico. Arminda disse que ele era da sua avó, não existe outro igual.

Bernarda não ri agora. A teimosia da vítima em resistir está irritando-a.

— Cale a boca, menina estúpida! Não preciso daquela velharia. O que pensa que fiz nesses cem anos? Aprendi. Viajei pelo mundo. E me informei sobre todas as formas de magia disponíveis, para me libertar dos maus-olhados antiquados da minha avó!

Pega algo no bolso e mostra à garota.

— Reconhece isto? — pergunta, irônica.

Para surpresa de Alexa, o que a bruxa tem na mão esquerda é um celular. O seu celular.

— Isso não é mágico — diz, insegura. — É só um...

A outra vira a tela para ela, carregada com o aplicativo da câmera configurado para uma *selfie*: a foto da própria pessoa. Lexa vê-se ali refletida, como num...

— Espelho — murmura.

— O espelho deste século — a voz cruel da feiticeira ecoa no quintal vazio. — Aquele em que todos se olham... É nele que vou prender você, garota intrometida. Para sempre.

Alexa sabe que seu tempo está se esgotando. Debate-se contra as paredes invisíveis do círculo mágico. E não consegue afastar o rosto da própria imagem na tela do celular, que Bernarda aproxima de seu rosto.

Mal sente quando a mão direita da mulher risca seu braço com a mesma adaga que usou da outra vez. Mal percebe quando ela ergue o punhal e deixa pingar seu sangue no aparelho, ao mesmo tempo em que começa a dizer, com uma voz que parece sair do fundo da terra que pisam:

Transitum tangit alium mundum...

• • •

CAPÍTULO VIII

Havia uma parede de pedra diante deles, uma porta dupla de carvalho em meio à rocha, e um espelho oval na porta da direita. O senhor Croup tocou o espelho com a mão encardida. A superfície do vidro escureceu ao seu toque, turvou-se por um momento, borbulhante e fervilhante como um tanque de mercúrio em ebulição, e então ficou imóvel.

NEIL GAIMAN
Neverwhere (Lugar nenhum; tradução nossa)

SÃO VICENTE, SÉCULO XXI

Há uma tempestade rugindo em algum lugar. Talvez em alto-mar, revolvendo nas profundezas muitos barcos destruídos e centenas de corpos de homens afogados.

Mas não ali: em Itararé as ondas apenas rebentam, furiosas, jogando-se contra a pedra.

Está escurecendo. Um raio rabisca o céu e o trovão ribomba, fazendo estremecer as quatro pessoas que pisam na areia molhada e fitam a estátua da feiticeira no alto da rocha.

Solero ergue o espelho, mantendo a face voltada para eles e o fundo oval para a pedra. Adriano segura o caderno de capa marrom, com medo de que as páginas se desfaçam, de tão velhas.

Em pé no centro de um círculo traçado na areia, Nise está com medo. Gagueja. Entretanto, Gustavo passa os braços por seus ombros, dando-lhe calor e apoio.

— Estou com você. Vá em frente!

Ela se arma de coragem e mantém os olhos firmes nos de Arminda. A garota do outro lado do vidro parece tão apavorada quanto ela. Ergue a mão espalmada na direção da psicóloga.

— *Vai dar certo, eu sinto...* — todos ouvem a voz distante da garota aprisionada.

E Nise encosta sua palma no vidro oval, que, de súbito, não mais parece frio. A superfície se turva ao seu toque e brilha como se feita de mercúrio prateado, volátil, líquido. Sem se deixar abater pela magia, ela recita o sortilégio.

Transitus speculum per ordinum meam virtutem.
Portat sanguinis femina a mundum alium tangit transitum...

Palavras de poder, escritas há mais de um século no caderno da velha avó... palavras que já foram de malignidade antiga, profunda. Agora foram reviradas, subvertidas, e servem a um propósito benigno! Mas continuam poderosas e inebriantes, paralisando a todos que as ouvem.

Gotas de sangue escorrem pela superfície espelhada e caem na areia.

Nise sente seus olhos se tingirem de vermelho, enquanto o encantamento age. Quando os abre, continua firme nos braços de Gustavo.

Adriano ainda segura o livro, com as mãos trêmulas. E Solero ampara uma garota... que aperta, contra o peito, um espelho oval.

Arminda veste um vestido simples, calça galochas, está enrolada num xale antigo. Afasta-se do velho senhor, fita Adriano, dá um passo na direção dos dois doutores.

Sorri.

— Livre, afinal! — murmura. — Obrigada. Muito obrigada. Vocês me salvaram.

Enquanto os outros se recuperam da experiência, ela olha ao redor. São Vicente não é mais como a conheceu. Parece uma fantasia, uma fita de cinema, algo que nem em seus mais loucos sonhos pôde imaginar. Arranha-céus, luzes brilhantes, carruagens velozes e mágicas. Mas é a sua cidade, e os novos amigos não mentiram: mais de cem anos se passaram enquanto ela vivia partida, mergulhada num pesadelo eterno.

Gustavo parece em estado de choque; um toque de Nise o desperta.

— Conseguimos... e nada disso é mentira, meu amigo. Existe magia de verdade!

Dri é o primeiro a pensar no que mais importa.

— E a Alexa? Como vamos salvar a Alexa?

O professor Solero se aproxima.

— Você terá tempo para se acostumar com este século, filha. Adriano tem razão. Pode ajudar a nossa menina?

— Sim — ela diz, com simplicidade. — Sei exatamente onde ela está. Vamos para lá!

Ela luta para se manter inteira, apesar de os pensamentos parecerem fugir ao seu controle.

Ouve, ao longe, as palavras malignas que parecem eternas.

... *A femina sanguinis portat*...

O braço ferido pelo punhal da bruxa arde, o sangue escorre até seu cotovelo; e o círculo mágico ainda a prende com paredes sólidas, apesar de transparentes. Diante dela, a tela do celular parece crescer... E, em meio ao encantamento que a envolve, Alexa procura algo a que se agarrar.

— Não vou desmaiar de novo! — diz em voz alta.

De repente, lembra-se de que, após o último desmaio, recebeu um presente.

Puxa a gola da camiseta e encontra no pescoço a correntinha dourada com a medalha de São Pedro. Quase pode ouvir a voz da estranha dona Oliena, com seu cheiro de maresia.

"*Você precisa de proteção...*"

Não sabe se a medalhinha do santo ajudará, mas aperta-a com força entre as duas mãos.

— Você não vai conseguir me prender! — grita.

Bernarda para de falar por um momento. Olha com suspeita para o objeto dourado que a menina segura. Um talismã? Ri, com maldade.

— Isso não vai ajudar você por muito tempo, menina tola! Não. Vim aqui por um motivo, e vou fazer o que planejei.

Pronuncia mais palavras, desta vez ininteligíveis, e Alexa sente a corrente escapar de suas mãos. Logo mais, ela brilha na palma direita da feiticeira, que a olha com desprezo e joga na terra.

— Isto só serviu para adiar por cinco minutos o seu destino, Arminda.

A garota presa no círculo fecha as sobrancelhas, com raiva.

— Alexa! Meu nome é Alexa, bruxa estúpida!

Naquele momento ela não tem mais dúvida alguma sobre sua identidade. É a garota de catorze anos, de cabelo castanho sem graça, gordinha e desajeitada. É também a filha de seus pais, irmã de Alena, e daria tudo para estar agora em casa, olhando-se num dos muitos espelhos da mana.

Bernarda a fita com muito, muito ódio. No céu, nuvens escuras se movem e o vento frio traz a garoa. Sem perder mais tempo, volta a tela do celular para a prisioneira e a ladainha recomeça:

Transitum tangit alium mundum a femina sanguinis por... port... portat...

A frase mágica cessa, de súbito.

A úmida garoa para e o vento silencia. Alexa sente a força que lhe escapava começar a voltar; algo mudou. Estende as mãos para a frente e não sente mais a barreira encantada.

— Não pode... — um sussurro escapa dos lábios de Bernarda. — Não pode ser...

Ela cai de joelhos no chão. Larga o celular. Leva a mão ao peito, em desespero.

A primeira coisa a mudar é seu cabelo, que de negro passa a cinzento, aumentando em volume, mas perdendo o brilho. Logo está branco. A pele, de lisa, começa a se enrugar, e o corpo saudável a murchar. É com a voz rouca que ela se dirige à menina que, estupefata, vê aquilo acontecer como se assistisse a um filme de terror.

— Por favor... me ajude...

O coração de Alexa se aperta. Sabe que Bernarda está morrendo.

❖

Gustavo mal consegue estacionar o carro direito. Nise e Adriano já estão saltando para a calçada, e Solero leva pela mão a assustada garota que fez o passeio mais estranho de sua vida.

— Venha, depressa! — pede o velho professor.

Em um minuto estão dentro da casa, acendem as luzes. E Arminda corre para o fim do corredor, abrindo caminho entre vassouras e teias de aranha.

— A porta dá para o quintal — diz ela. — Minha irmã a escondeu, mas eu sei que está aqui!

Adriano não tem dúvidas, dá um tranco com os ombros e a porta oculta se desloca. Um empurrão dos outros e eles estão do lado de fora, num quintalzinho que o fim de tarde torna escuro. Há uma velha porta de ferro encravada no muro que o cerca, mata selvagem nos cantos e, no alto, paredes de edifícios quase sem janelas rodeiam o espaço.

No centro de um círculo de terra seca, Alexa está tentando reanimar uma velha mulher, caída no chão. Tem lágrimas nos olhos e volta-se para eles com ar desolado.

— Estou bem — diz, com emoção na voz. — Mas ela vai morrer!

Adriano corre a abraçar a garota, erguendo-a do chão. Arminda se debruça sobre a outra.

Nise se detém a alguma distância, olhando-as, e Gustavo expressa o que todos pensam.

— Quando libertamos a menina do espelho, a vida que a outra roubou voltou para sua legítima dona... a feiticeira vai envelhecer cem anos de uma vez só.

Solero fita o rosto de um por um, cismado.

— Como podemos saber se esta é mesmo Alexa? Bernarda pode ter roubado seu rosto, além da sua vida. E se for a nossa amiga que estiver morrendo e não a bruxa?

Todos os olhos se voltam para a garota, que ergue as sobrancelhas, espantada. Nise, então, vê a correntinha caída no chão e vai pegá-la.

— Dona Oliena disse que havia poder nisto aqui... Vamos ver.

E coloca o objeto dourado no pescoço de sua paciente.

Alexa sorri e afaga a medalhinha de São Pedro em seu peito.

— Tem poder mesmo — ela diz. — Vai ver é o poder da fé da esposa do professor Solero, mais o do amor da mãe do Dri. Isto me salvou, fez-me ganhar tempo enquanto vocês desencantavam a Arminda!

Olha, curiosa, para a outra garota, que se sentou no chão e ampara a cabeça da gêmea.

E Adriano esquece a timidez e resolve tirar a prova final. Fala ao ouvido dela.

— O que foi que a gente pediu, lá no quiosque, que só nós dois gostamos neste mundo?

— Suco de abacaxi com manga — ela sussurra, permitindo-se apreciar o arrepio agradável que a proximidade dele lhe dá.

— É, você é mesmo a Alexa... — ele murmura.

— E você veio correndo pra me salvar... — ela sorri, comovida.

Os dois não se importam de que os outros os vejam trocar seu primeiro beijo. O ataque de timidez virá depois, inevitavelmente, mas naquele momento só querem se sentir perto um do outro.

A essa altura, Gustavo e Nise deixam aflorar seus anos de treinamento clínico.

— Vamos levar a senhora para dentro — ela propõe, enquanto ele pega o celular, pronto a telefonar para o resgate.

— Não! — uma voz rouca os interrompe.

A mulher não está morta. Apesar do aspecto de extrema velhice e da fraqueza que tomou conta de seus membros, ela tenta empurrar Arminda para longe de si, e encara os outros com raiva.

— Bernarda, por favor, vamos para dentro — pede a irmã. — Ainda podemos ajudar você...

A outra se arrasta pela terra, afastando-se.

— Não! — vocifera. — Você, com as suas bondades e a sua ingenuidade. Você me tirou tudo! Os poderes que podiam ter sido meus, se eu fosse filha única. O amor de Lorenzo. Você sabia que ele estava morto e não me disse!

— Não houve tempo — diz Arminda, suavemente. — Foi na noite em que você me prendeu...

— Isso é ridículo — diz Gustavo, chamando Solero para junto de si. — Vamos carregá-la para um dos quartos, ela precisa de ajuda especializada e...

— Não se aproximem de mim! — a velha encarquilhada tenta erguer-se, o olhar de ódio fuzilando os dois homens, agora. — Ainda tenho poder. Ainda tenho magia!

E, erguendo as mãos na direção da porta aberta, ela parece concentrar nelas toda a vida que lhe resta. Pronuncia uma única palavra que nenhum deles consegue compreender, e projeta para a porta da casa um brilho intenso, que faz com que todos tenham de fechar os olhos...

Quando os abrem, o casebre está em chamas.

Alexa e Adriano vão amparar Arminda, que começa a chorar. Solero puxa Nise para o fundo do quintal. E Gustavo ignora as ameaças que ouviu e vai examinar Bernarda, que tombou no chão.

O olhar dele, após auscultar a mulher, é tristonho.

— Parece estar em coma. Não vai durar muito.

— Vamos sair por aqui — diz a garota do espelho, mostrando a velha porta de ferro. — Esta saída vai dar na rua de trás.

❖

Solero toma conta da situação. Quando o resgate chega, junto do caminhão de bombeiros, ele já recuperou a bolsa de Bernarda no quintalzinho, e entrega seus documentos ao paramédico, que, como muita gente em São Vicente, foi seu aluno.

A mulher em coma foi colocada no oxigênio e transportada para a ambulância.

— Alguém aqui é da família? Pode ir conosco para o hospital — diz o rapaz do resgate.

O professor indica a garota, que Nise levara para o carro de Gustavo.

— A sobrinha dela está ali. Vão levar a doente para o São José? Vou com a menina para lá, assim que ela se acalmar e trocar de roupa. Qualquer coisa, me avise neste celular...

A ambulância parte para o hospital municipal, mas a morte de Bernarda acontece dez minutos após dar entrada no pronto-socorro. O próprio paramédico telefona para Solero, que ainda está na rua respondendo a perguntas dos bombeiros. Como a casa queimou numa velocidade impressionante, nada do que estava lá dentro pôde ser salvo.

Uma vizinha faz questão de levar o grupo para sua casa e servir-lhes um chá. Ela também cede à Arminda, apresentada a todos como sobrinha da dona da casa incendiada, um par de sandálias e um casaquinho emprestados. Todos na rua se compadecem da garota, que julgam ter ido visitar a tia mal-encarada e, infelizmente, perdeu toda a sua bagagem no incêndio.

Nise aproveita a pausa para ligar para a mãe de Alexa e dizer que a garota irá jantar com ela; diz o mesmo à Luara. Se as mães estranham a situação, nada comentam; ambas confiam na psicóloga.

— Aqui está — diz Adriano, estendendo uma folha de papel para Arminda.

Encontram-se no apartamento de Nise. Solero foi ao hospital com Gustavo, para tratar do atestado de óbito e do enterro. A psicóloga pediu uma refeição no restaurante mais próximo que faz entregas; após o jantar, ajudou os adolescentes a vasculharem o conteúdo do baú.

Arminda não quer tocar nos cadernos de magia. Nem nos vidros que contêm ervas, que são deixados no fundo. Mas, junto aos novos amigos, analisa os papéis. Surpresos, descobrem toda a sequência de tramas da irmã gêmea, completamente documentada. Uma falsa certidão de nascimento, datada de dezoito anos atrás, está junto a um RG tirado há cinco anos e a um certificado, também falso, de formatura no ensino médio com carimbos de um colégio de São Paulo.

— Então — a menina do espelho sorri pela primeira vez naquela noite —, eu agora me chamo Ana e tenho dezoito anos. Vivi em São Paulo e, quando vim visitar a velha casa dos meus antepassados, perdi a querida titia. Além de todos os meus pertences...

Nise se aproxima e a abraça. Sabe que terá de ajudar a garota do passado a lidar com o bizarro mundo moderno e a aceitar tantas mudanças. Ela certamente terá problemas para encarar sua nova identidade.

"Mas quem não tem?", pensa a doutora, rindo um pouco de seus próprios questionamentos. Após duvidar de si mesma como psicóloga e ver-se metida em uma aventura que envolve feitiçaria e um espelho mágico, talvez ela mesma necessite de terapia...

Todos se encontram dois dias depois, no domingo, no Cemitério da Areia Branca. O corpo demorou um pouco para ser liberado, pois os médicos acharam bem estranho aquela senhora de pouco mais de cinquenta anos parecer tão idosa. Porém, o óbito acaba sendo creditado a uma parada cardíaca, e a documentação está toda em ordem. No baú, havia ainda o título de propriedade de uma campa naquele cemitério, onde estão sepultadas a avó, a madrinha e o suposto corpo de Bernarda.

Além deles, duas vizinhas vão ao enterro, loucas para saber mais sobre a misteriosa mulher que tanto dera o que falar na rua da Boa Vista. E um senhor que ninguém conhecia: ele se apresenta como parente do marido de Bernarda, que teria sido mãe da falecida.

— Minhas condolências — diz ele a Ana, a nova

identidade de Arminda. — Vou pedir que o advogado da família entre em contato consigo. Há o patrimônio de sua tia, herdado do pai dela, que foi meu primo. A senhorita vai ficar bem financeiramente.

A mãe de Alexa a leva ao enterro, e Luara acompanha o filho. Ambas estão ansiosas para conhecer os parceiros do filho e da filha, pois os jovens decidiram que assumir um namoro seria a melhor explicação para o sumiço de ambos. E, apesar de se conhecerem há tão pouco tempo, eles estão adorando aprofundar o *rolo*, como Alena batiza o relacionamento dos dois, ao saber da própria irmã que Adriano, agora, é oficialmente seu namorado.

Solero comparece com um amigo do Clube da Terceira Idade, advogado especializado em inventários que já está cuidando da herança de Arminda. Os bombeiros ainda não emitiram um laudo sobre o incêndio, mas os comentários do comandante dão conta de que a casa era tão velha e abandonada que qualquer atividade elétrica causaria um curto-circuito. Como não havia seguro, a herdeira não receberá nada, o que afasta qualquer hipótese de incêndio criminoso.

Os dois jovens abraçam a nova amiga no momento em que o caixão desce ao túmulo.

Arminda chora.

Sim, detestava a irmã que a torturou na infância. Sabe que ela lhe roubou a juventude, condenou-a a um exílio de pesadelos por mais de cem anos. Sabe que recusou sua última tentativa de reconciliação e usou as últimas forças para destruir a casa, acreditando que destruiria o baú que continha sua magia e revelaria seus documentos.

Mas era sua gêmea... e sempre desejaria que tudo entre elas tivesse sido diferente.

❖

Dois anos se passaram, e São Vicente não mudou muito naquele tempo.

Solero voltou aos passeios históricos com o Clube da Terceira Idade. Foi padrinho no casamento de Nise e Gustavo, que aconteceu há seis meses. E se tornou uma espécie de tutor de Arminda, pois a garota não teve a educação escolar que seus documentos dizem que teve, e agora quer recuperar o tempo perdido para fazer uma faculdade.

Adriano acaba de ser aprovado no vestibular e faz curso de História com uma bolsa obtida por Gustavo na universidade em que leciona. Está adorando e, quando se reúne a Solero, ninguém aguenta as conversas sem-fim que eles engatam sobre os pontos obscuros do passado da cidade. Vivem perguntando coisas a Arminda, que se lembra bem de como São Vicente era mais de século atrás.

Alexa está no último ano do ensino médio, estudando sem parar, para desespero dos pais e de Alena, que tropeça em pilhas de livros pela casa, e até de Dri, que tem de achar brechas na agenda da namorada até para irem ao cinema do *shopping*. Ela quer cursar Psicologia, e não deixa Nise em paz com perguntas sobre as matérias, os estágios, a prática clínica.

Arminda vendeu o terreno da casa e manteve um apartamento que herdou, em Santos. Pôs na parede o espelho oval e decorou-o inteiro com artesanato comprado de dona Oliena... Adora morar lá, mas acaba passando muito tempo em São Vicente, hospedada com Nise e o marido.

Quanto à velha catadora de conchas, continua conversando com o mar e recolhendo tudo o que acha na beira da praia. Recebeu de volta a medalha que emprestou a Alexa, e sempre leva consigo o espelhinho *made in China* dado pela psicóloga. Às vezes, para diante da Pedra da Feiticeira e olha pelo reflexo a rocha que é o marco do Itararé. Sorri e murmura palavras estranhas...

Está afastando-se da pedra, naquele dia, quando ouve passos no calçadão.

É manhã, mal clareou, e não há ninguém na praia além de ambas: a velha e a moça.

Arminda vê a velha senhora e acena para ela, que retribui o aceno, antes de sumir por trás dos quiosques ainda fechados.

Então, a jovem caminha pela areia. As ondas se afastam à aproximação de seus passos e a maré baixa mais conforme ela anda, até que se posta diante da pedra.

Sabe exatamente que horas são; recuperou seus talentos, a saúde e a juventude após a morte da gêmea. Também consegue ver auras coloridas em torno de todos, o que a ajuda a avaliar o caráter de cada pessoa que encontra. Mas evita olhar para espelhos de água salgada, pois, como antes, não quer saber dos fatos futuros. Quer viver o presente, que recuperou com a ajuda dos amigos a quem sempre será grata.

— Chega de me ligar ao passado — diz, baixinho, para a pedra.

Olha para a escultura no alto, a feiticeira que a faz lembrar tanto da irmã. E de si mesma.

Vagarosamente, retira do pescoço uma corrente de ouro. Foi presente do homem que amou, e de quem ela não pôde se despedir. Manteve-a consigo no tempo em que foi prisioneira do espelho, agarrou-se a ela nos últimos anos, após ser libertada.

Mas agora que está se acostumando ao século XXI não acha justo manter-se fiel a um amor centenário. Começa a sentir interesse por alguns rapazes, e sabe que não poderá amar de novo se não se libertar de algo que a prende mais que os encantamentos sinistros de Bernarda.

Com um suspiro longo, ela lança o objeto ao mar.

• • •

Como se esperasse por um sinal mágico para aparecer, o sol deixa uma barra de nuvens baixas e começa a brilhar acima da Ilha Porchat.

Arminda, que quase todos agora chamam de Ana, dá as costas à pedra e caminha decidida para o calçadão. Limpa a areia dos pés, toma o caminho de Vila Valença. Vai almoçar com Solero e os filhos.

Na praia, a maré sobe; as ondas rebentam na rocha e o sol brilha sobre a escultura.

Pode ser ilusão de ótica causada pelo sol, mas, aos olhos do pessoal que começa a chegar para abrir os quiosques, parece que o que a mulher ali representada ergue, para o céu, não é um objeto qualquer.

Naquela manhã, todos podem jurar que ela ergue um espelho oval.

A marca FSC® é a garantia de que a madeira utilizada na fabricação do papel deste livro provém de florestas que foram gerenciadas de maneira ambientalmente correta, socialmente justa e economicamente viável, além de outras fontes de origem controlada.

Esta obra foi composta em Source Sans e impressa pela Gráfica Santa Marta em ofsete sobre papel Pólen Soft da Suzano S.A. para a Editora Escarlate em fevereiro de 2022